Thommie Bayer
Aprilwetter

PIPER

Zu diesem Buch

»Wann reden wir eigentlich mal über alles«, fragt Christine, ohne Benno und Daniel dabei anzuschauen. Aber im Reden sind die beiden nicht so stark. Sie machen Musik, Musik mit Seele, sie spielen gemeinsam, als wären sie ein einziger Mensch. Doch dann hält Benno es nicht mehr aus, er muss weg von Daniel, mit dem das stille Einverständnis plötzlich nicht mehr da ist. Weg auch von Christine, die ihn weniger liebt als Daniel, da ist Benno sich ganz sicher. Erst zwölf Jahre später, nach einer Odyssee durch Amerika, taucht Benno wieder auf – und die Karten werden noch einmal neu gemischt. »Aprilwetter« ist die leidenschaftliche, bittersüße Geschichte eines Menschen, der lernen muss, sich selbst zu vertrauen, und der erst spät erkennt, wonach er sich eigentlich sehnt.

Thommie Bayer, geboren 1953 in Esslingen, studierte Malerei und war Liedermacher, bevor er 1984 begann, Stories, Gedichte und Romane zu schreiben. Neben zahlreichen anderen Romanen erschien von ihm »Eine kurze Geschichte vom Glück«, der für den Deutschen Buchpreis nominierte wurde. Weiteres zum Autor: www.thommie-bayer.de

Thommie Bayer

Aprilwetter

Roman

Piper München Zürich

Mehr über unsere Autoren und Bücher:
www.piper.de

Von Thommie Bayer liegen bei Piper vor:
Eine Überdosis Liebe
Spatz in der Hand
Der Himmel fängt über dem Boden an
Der langsame Tanz
Die gefährliche Frau
Singvogel
Eine kurze Geschichte vom Glück
Fallers große Liebe
Die frohe Botschaft abgestaubt

Ungekürzte Taschenbuchausgabe
April 2010

Umschlaggestaltung: semper smile, München
Umschlagabbildungen: Mikio Kato, Tokio (Hintergrund) und Neubauwelt (Baum)
Autorenfoto: Peter von Felbert
Satz: Satz für Satz. Barbara Reischmann, Leutkirch
Papier: Munken Print von Arctic Paper Munkedals AB, Schweden
Druck und Bindung: CPI – Clausen & Bosse, Leck
Printed in Germany ISBN 978-3-492-25905-7

Für Jone

»He's a walking contradiction, partly truth and partly
fiction, taking every wrong direction on his
lonely way back home.«

Kris Kristofferson

Hier ist alles, was er braucht. Hier weiß Benno, wer er ist. Von neun Uhr morgens bis abends um sechs steht er hinter der Theke und macht Espresso, Cappuccino und Milchkaffee. Mehr als Gruß und Lächeln wird hier nicht von ihm erwartet; für den Text der Unterhaltung sorgen alle lieber selbst. Sie sind mit sich beschäftigt, ihren Plänen, ihren Wunden, ihrer Einsamkeit. Der sich die meisten just entronnen glauben, hierher in den Rauch und Kaffeeduft, das Stimmengewirr und Klappern von Geschirr, zu den anderen, zu ihm, ins La Storia.

Sie fühlen sich unter Gleichen, aber auch wenn die Gemeinsamkeiten überwiegen – alle schlafen, essen, sehnen sich und werden sterben –, ist doch das, was sie trennt, von Gewicht: ihr Bild von der Welt. Bei Günther Jauch würde sich jeder woanders geschlagen geben. Der eine hat noch nie von Montessori gehört, die andere nicht von Eichmann, der dritte hält eine Synapse für etwas aus der Bibel, und die vierte Willy Brandt für einen Schauspieler. Natürlich kennen sie alle Einstein, Hitler und Lady Di, vielleicht auch Gandhi, Bob Dylan und Mao, aber das hilft ihrer Orientierung in der Welt und Geschichte etwa so viel, als glaube man Deutschland zu kennen, wenn man in Hamburg war.

Benno mag seine Gäste. Er hält sich nicht für etwas Besseres, nur weil er weiß, dass jeder in seiner eigenen Provinz lebt, die ihm Mittelpunkt der Welt ist, und er sich darin selbst kein Rätsel, sondern Teil einer Ordnung, eine Sonne, umgeben von Planeten.

—

Das La Storia ist zwar klein, eine klassische italienische Kaffeebar mit fünf Stehtischen und einer Theke auf vierzig Quadratmetern, liegt jedoch sehr gut, am Weg von der Uni zur Stadtmitte, und entwickelt sich zur Goldgrube, weil Benno sie mit nur zwei Leuten betreibt, die Miete überschaubar ist und sein Kaffee einen gewissen Ruf hat. Er bezieht ihn von einer kleinen Rösterei im Schwarzwald, zwar teurer als die großen Marken, dennoch lohnt es sich. Er hat keine Angst vor Starbucks oder Lavazza und Co. Es scheint sogar, als hätten die Angst vor ihm, denn noch ist keiner aufgetaucht. Hier, in dieser überschaubaren Stadt mit ihrem gemächlichem Tempo ist Benno Krantz der Platzhirsch. Seit nunmehr bald zwei Jahren.

Das verdankt er nicht nur seinem Charme, Geschick und Fleiß, sondern vor allem Daniel, der ihn in Nashville aus dem Alkohol- und Muckersumpf gezogen und in diese stille Ecke seiner Heimatstadt verpflanzt hat.

—

Damals besaß Benno nicht viel mehr als ein paar Kleidungsstücke, Radio, Toaster, Dieselgenerator, eine Gitarre, die 59er Fender Stratocaster, die er schon seit Jahren spielte, und den Camper, in dem er wohnte, der ihn sechshundert Dollar gekostet hatte und sich nicht mehr vom Fleck rührte – den Motor hatte irgendwer schon ausgebaut, bevor Benno so naiv gewesen war, das ehemals silbern glänzende, nun aber nur noch grau-rostige Exvehikel zu kaufen, so schief, wie es da auf einem platten und drei mit Restluft verschieden vollen Reifen stand.

Er spielte viermal die Woche in der Hausband der Carson Lounge, eines leidlich frequentierten Countryschuppens, der auf Open-Stage-Abende spezialisiert war. Die Band begleitete Nachwuchstalente und hin und wieder einen hereingeschneiten Star, der sich überreden ließ, einen seiner Hits zu singen.

Um diesen Job nicht auch noch zu verlieren, beherzigte Benno eine eiserne Regel: kein Drink vor zwölf. Er half sich mit Mineralwasser und kaltem Tee, bis der Barkeeper die letzte Bestellung ausrief, erst dann gab er sich den ersten, zweiten und dritten Bourbon und erst zu Hause in seinem Schrottmobil auf dem Trailerpark die Kante. Wenn er nicht gerade die Nacht mit einer Nachwuchssängerin verbrachte, was hin und wieder drin war, denn solange sie ihn nicht trinken sahen, fanden ihn die Frauen interessant.

–

Es war kurz vor halb elf, ein ganz normaler Abend, zur Hälfte schon überstanden, nach zwei leidlich talentierten Nobodys und einem Garth-Brooks-Klon, den man von der Bühne gepfiffen hatte, obwohl das Publikum an diesem Tag überwiegend aus Touristen mit Karohemden und Basecaps bestand, die normalerweise alles bejubeln, weil die Carson Lounge im Preis ihres Busausflugs inbegriffen ist. Aber Pseudogarth konnte weder singen, noch stand ihm die Arroganz, die er an den Tag legte, in irgendeiner Weise zu. Er selbst hielt sein Benehmen augenscheinlich für Humor, vielleicht sogar für Selbstironie, aber das Publikum wusste es besser und erkannte in ihm den Trottel, der sich in seinen Möglichkeiten täuscht.

Danach kam eine junge Frau auf die Bühne, ein unscheinbares Mädchen mit Mausaugen und Kurzhaarschnitt, und bat die Band, *Red Dirt Girl* von Emmylou Harris in E-Dur zu spielen. Und sie brauchte nur ein paar Takte, bis sogar der Barkeeper sein Geschirrtuch über die Schulter warf, sich mit beiden Händen an der Theke abstützte, jedes Geräusch vermied und zuhörte. Die Kneipe war zum Konzertsaal geworden, das Publikum gefesselt, und Benno wusste für einen Augenblick wieder, wozu er auf der Welt war.

Er konnte, wenn er wollte, die Sänger so unterstützen, dass sie über sich hinauswuchsen. Wenn ihm danach war, wenn der Musikant in ihm erwachte, verabreichte er dem Nobody vor sich eine Selbstvertrauensinfusion, dass der sich fühlte, als schwebe er über allem und träume den schönsten ersehnlichen Traum: vom Einssein des Sängers mit dem Publikum, der Band, der Musik, dem Augenblick. Benno spielte dann so, dass er einerseits die Stellen ausfüllte, an denen der Sänger im rhythmischen Netz allein bliebe, und andererseits so, dass er zweite und dritte Stimmen zu hören glaubte, wo er fürchten konnte, dünn zu klingen.

Nick, der Pedal-Steel-Player, stieg immer mit ein, wenn Benno auf Qualitätsmusik umschaltete, und Tyler, Dave, Warren und Stephen grinsten vor sich hin, gaben Bass, Drums, Acoustic und Fiddle dieses Milligramm mehr Druck und Seele, mit dem man den Dienst nach Vorschrift hinter sich lässt und spielt, als käme es drauf an. So machten sie gelegentlich aus mittelmäßigen gute Sänger und aus guten Sängern Stars. Wenn auch nur für diesen Abend. Draußen in der richtigen Welt kam es dann wieder auf mehr und anderes an, als sie dazu tun konnten.

Für dieses Mädchen machten sie die Schachtel auf. Sie gaben ihr alles, was sie brauchte, um sich ganz vom Gefühl in diesem Song tragen zu lassen. Bei der Zeile »I was standing there with her when the telegram come – For Lillian« weinte sie, aber ohne dass ihre Stimme brach. Ihr liefen nur zwei, drei Tränen übers Gesicht. Und sie war glücklich in diesem Moment.

Der letzte Akkord verklang. Das Mädchen stand mit gesenktem Kopf, die Hand ums Mikrofon gelegt, und war in sich selbst, den Raum, den Moment und die Erinnerung an das eben Gesungene versunken. Benno lauschte dieser speziellen Stille, die sich erst nach Sekunden in frenetischem Applaus mit Trampeln und Johlen auflösen würde, dem Lärm, der die Geister der Ergriffenheit verscheuchen sollte.

Aber jemand hatte eine bessere Idee: Ein lautes Furzgeräusch, wie es entsteht, wenn man den Handrücken an den Mund legt und bläst, zerstörte alles, was der Moment enthielt, das Mädchen erschrak, wurde rot vor Scham, und ihr Blick suchte den Raum nach Fluchtwegen ab. Die Köpfe drehten sich nach dem Störenfried um – es war Pseudogarth, der es nicht ertrug, seine eigene Niederlage durch den Triumph dieses Mädchens ins Groteske gesteigert zu sehen. Er hob sein Bierglas, prostete den empörten und verachtungsvollen Blicken zu und schien zufrieden, sich für den Augenblick als Provokateur neu erfunden zu haben.

Das alles geschah innerhalb weniger Sekunden, und länger brauchte Benno nicht, um den Gitarrengurt zu lösen, seine Strat an den Verstärker zu lehnen und von der Bühne zu hechten, um das Furzgesicht brachialkosmetisch zu behandeln – dieser Ausdruck überheblicher Genugtuung verlangte eine Korrektur. Er stieß zwei Stühle um, sah, wie der Kerl begriff, dass ihm das, was da auf ihn zuschoss, schlecht bekommen würde, aufsprang und zum Ausgang flüchtete – Benno setzte ihm nach, blind und taub vor Zorn, er wollte den Kerl bluten sehen. Da stellte sich ihm jemand in den Weg: Daniel.

Erst jetzt kam zögerlicher Applaus auf, vereinzelt und schüchtern, jeder schämte sich für diese miese Einlage, man wollte die Sängerin trösten und die peinliche Fast-Schlägerei vergessen machen und hatte nichts anderes parat, als lahmes Klatschen und verlegene Bravorufe. Inzwischen saß die junge Frau am Bühnenrand und weinte.

»Was machst du denn hier?«, sagte Benno und ließ Daniel stehen, ging zur Bühne zurück, setzte sich neben die Weinende, legte seinen Arm um sie und versprach ihr, der Tag sei nicht mehr fern, an dem Leute wie dieser Niemand vor ihr im Staub lägen. Dann solle sie kräftig zutreten. Ihre Tränen machten ihn ratlos, und er hätte alles getan, damit sie versiegten, aber die Frau schluchzte lauter, und ihm blieb nichts, als sie an seine Schulter zu drücken und sich ausweinen zu lassen. Es gab keine Garderobe, sie war den Blicken ausgeliefert, vor denen er sie nicht beschützen konnte.

Daniel kam heran und setzte sich auf den Bühnenrand. »Du spielst toll«, sagte er.

Benno schwieg.

Vor ihnen stand der Barkeeper, einen Whisky in der Hand, den er der Sängerin lächelnd hinstreckte: »You' re fantastic«, sagte er, »I'm sorry for the moron. Just forget about him. Please.« Er warf einen kurzen, skeptischen Blick auf Benno, dessen Jagd auf den Störer ihm nicht gefallen zu haben schien, aber jetzt war nicht der Moment, ihn deswegen anzuraunzen, denn das Mädchen wischte sich die Tränen mit dem Ärmel ab und nahm den Whisky. Sie lächelte und trank einen Schluck.

»Tut mir leid«, sagte sie, »das war ja wohl die Katastrophe.«

Zuerst begriff Benno nicht, dass dieser deutsche Satz aus ihrem Mund gekommen sein musste – er hatte eben noch selbstverständlich englisch mit ihr geredet, aber dann wurde ihm klar, dass sie mit Daniel gesprochen hatte. Der lächelte, setzte sich um, weg von Benno, an ihre Seite, und nahm sie in den Arm.

»Nur die Wildsau«, sagte er, »und vielleicht auch noch die Jagd. Aber dein Auftritt war toll.«

»Danke«, sagte sie zu Daniel und lächelte Benno an. Sie war ungeschminkt, die Tränen hatten ihr Gesicht weicher und durchscheinender werden lassen, ohne Verwüstungen darin anzurichten.

Daniel stellte vor: »Meike, das ist Benno. Wir haben uns zwölf Jahre nicht gesehen. Und jetzt rockt er hier den Laden.«

»Das war *sie*«, sagte Benno. »Hallo, Meike.«

Er musste sich beherrschen, um nicht nach dem Whisky zu greifen, den sie neben sich gestellt und offenbar vergessen hatte.

Hinter ihnen begann Warren, seine Zwölfsaitige nachzustimmen, es wurde Zeit für den nächsten Set. Die Pausen waren immer kurz, da sie nur zum Pinkeln oder Rauchen eingelegt wurden.

»Ich muss wieder mucken«, sagte Benno, »seh ich euch noch?«

Er tat, als wohne Daniel um die Ecke und schneie jeden dritten Tag herein. Und hätte doch nie damit gerechnet, ihn jemals wiederzusehen.

»Ich bring Meike nach Hause«, sagte Daniel nach einem schnellen Blick zu ihr, »sie muss telefonieren. Dann komm ich wieder. Hau nicht ab.«

»Wir spielen bis zwölf.« Benno griff nach seiner Strat. Nick war schon mitten im Vorspiel von *Tennessee Waltz*, und Benno musste sich beeilen, sein Plektrum zwischen die Finger zu kriegen. Den Spaß machte sich Nick immer wieder. Und Benno verpasste den Einsatz nie.

Zum Glück hatte Meike ihren Whisky mitgenommen – er hätte es nicht ausgehalten, zwanzig Minuten lang draufzustarren, ohne doch noch danach zu greifen.

—

Die Musiker konnten gehen, ohne abzubauen, es war ein Dienstag. Nur donnerstagnachts musste die Bühne leer sein, weil freitags und samstags die Gastspiele gebucht waren, mit denen der Club sein Geld verdiente. Montag bis Donnerstag brachte mit den Open-Stage-Veranstaltungen nur eben so die Unkosten ein. Benno legte seine Gitarre in den Koffer, die ließ er niemals zurück, der Laden konnte abbrennen. Und alles durfte passieren – vielleicht war ihm schon alles passiert –, nur diese Gitarre durfte nicht verloren gehen. Er ließ sie nicht mal im Camper liegen, wenn er am Wochenende unterwegs war – er gab sie dann immer dem Platzmanager zur Verwahrung. Der hatte ein solides Haus.

Als Daniel endlich kam, stand Benno vor der Tür und spürte langsam Ärger in sich aufsteigen, er hatte noch keinen Schluck getrunken und zudem war es kühl. In seinem Gemüt kam Aprilwetter auf, wenn sich der erste Drink zu lang hinauszog, er konnte dann ebenso jäh entzückt wie sarkastisch werden. Derartige Ausreißer jedoch, wie seine Jagd auf das Furzgesicht, kannte er bislang nicht von sich. Das war eine neue Steigerung seiner Entzugsradikalität.

»Hab mich verfranst«, sagte Daniel, »entschuldige.«

»Geht noch«, sagte Benno versöhnlich.

»Trinken wir was?«

»Unbedingt.«

—

Er nahm zuerst einen Whisky und später zwei Bier in der Bar von Daniels Hotel, es fiel ihm erstaunlich leicht, so zu tun, als risse der Durst ihn nicht von innen auf, er trank langsam und schob einen Espresso dazwischen, um den Stoff wenigstens schnell durch die Blutbahn zu jagen. Daniel merkte nichts. Hab ich's also noch im Griff, dachte Benno, gut so. Ich bin sowieso nicht der Typ, dem die Hände zittern. Bei mir tobts eher innerlich. Daniel redete.

Das Mädchen sei die Tochter eines Bekannten, der ihn gebeten habe, sie sich mal anzuhören, wenn er in Nashville sei. »Sie träumt von Musik«, sagte er, »aber sie macht hier die Korrespondenz für eine Softwarefirma.«

»Sie ist gut«, sagte Benno.

»Und du erst.« Daniel trank einen Schluck. »Geht mir kalt und heiß den Rücken runter. Man müsste in Tränen ausbrechen beim Zuhören.«

»Bist du aber nicht, oder?«

»Nein. Doch. Innerlich.«

»Danke.«

Obwohl er den Blick nicht von der leeren Sitzgruppe wandte, die er schon seit Minuten studierte, als müsse er sie morgen in einer Prüfung zeichnen, spürte Benno, dass Daniel ihn ansah. Er ließ es zu, sagte nichts, störte nicht bei der Bestandsaufnahme. Er wusste in etwa, was Daniel sehen würde: ein hageres Gesicht, glatt rasiert, kurze Haare, die sehnige Gestalt eines Mannes, der nicht mehr jung ist. Benno hatte sich in den letzten Jahren zu einer Edward-Hopper-Figur entwickelt. Gott sei Dank war er schlank geblieben, da er normalerweise die Finger von Bier und Wein ließ.

»Machst du's noch gern?«, fragte Daniel irgendwann.

»Musik?«

»Ja.«

»Nein.« Jetzt wandte Benno den Kopf und sah Daniel vorsichtig, fast schüchtern lächeln.

»Ich hab 'n Vorschlag. Wenn's dich anmacht.«

Er habe sein Elternhaus geerbt, erzählte Daniel, und wolle im Erdgeschoss ein Café aufmachen. Und da er inzwischen weit weg, nämlich in Berlin lebe, könne er sich nicht um die Mieter der Wohnungen kümmern. Er wolle Benno das Café einrichten und im ersten Jahr mietfrei überlassen, dafür solle der ihm die Hausverwaltung abnehmen. Sonst müsse er jemanden dafür engagieren, und das wolle er nicht, oder immer wieder von Berlin herfliegen, und das würde teuer und lästig und lohne sich nicht.

Benno tat so, als überlege er, dabei war ihm sofort klar, dass dieses Angebot ihn retten konnte. Es war die Chance zum Absprung vom absteigenden Ast. Er wollte nach dem Bierglas greifen, aber stoppte die Bewegung. Wieso er das tat, wusste er nicht, aber in diesem Moment stand fest, dass Schluss sein musste mit dem Saufen. Keinen Tropfen mehr.

»Du müsstest mir das Geld für den Flug leihen«, sagte Benno zur Theke. Daniel sollte nicht sehen, wie sehr er sich freute.

»Wann kannst du hier weg?«

»Morgen. Jetzt gleich. Mir egal.«

—

Am nächsten Nachmittag saß er im Flugzeug nach Cincinnati und ein paar Stunden später im nächsten nach Frankfurt. Ohne schlechtes Gewissen, dass er die Band hängen ließ – mussten Nick und Stephen eben ein paar Tage lang ein bisschen mehr arbeiten, um die fehlende E-Gitarre zu kompensieren. Spätestens nächste Woche hätten sie einen neuen Mann gefunden. In der Stadt standen die Musiker Schlange, und wenn sie ihn eine Weile vermissen würden, weil der Neue nicht so gut war, na und?

Auch Joseph, der Barkeeper und Geschäftsführer der Lounge würde fluchen und Benno einen Bastard nennen, weil er ihm noch zweihundert Dollar schuldete – ebenfalls na und. Er konnte das verkraften. Das übliche Publikum sollte eigentlich nichts vermissen, die kannten den Unterschied nicht zwischen guter und sehr guter Musik, nur der eine oder andere Nobody mochte sich wundern, dass er nun auf einmal doch wieder nichts Besonderes war, und auf die Idee kommen, es fehle der Schutzengel im Hintergrund. Nicht Bennos Problem.

Er hatte Daniel nichts gefragt. Nicht, ob er mit Christine zusammen war, nicht, ob er noch Musik machte, ob er Kinder hatte, was er in Nashville tat, nichts. Er hatte das Dollarbündel genommen, das Daniel am nächsten Morgen bei American Express besorgt hatte, sich erklären lassen, wo er den Schlüssel zu seiner kleinen Zweizimmerwohnung abholen sollte, und nicht mal Danke gesagt dafür, dass Daniel ihn aus der Sackgasse gelotst und ihm ein neues Leben angeboten hatte. Ein andermal. Irgendwann.

—

Aus dem Fenster sah er die Lichter einer Insel im Atlantik, vielleicht schon die Hebriden oder Irland, vielleicht auch erst Neufundland, er hatte geschlafen und kein Zeitgefühl mehr, auf den Monitoren lief ein Film, die ersten Entzugserscheinungen machten sich bemerkbar, kalte Hände, heißer Kopf und ein Muskelzucken unterm Schlüsselbein links, aber er nahm es hin, wie man Regenwetter hinnimmt, weil er wusste, dass er sich nicht die Stirn an der Wand blutig schlagen würde oder weiße Mäuse sehen oder Amok laufen. Er würde das überstehen. Er konnte nur eine Zeit lang nicht für seine Manieren garantieren. Woher er das wusste, wieso er sich dessen so sicher war, hätte er nicht erklären können. Er wusste es eben.

Und ihm war auf einmal klar, dass er nie wieder auf

einer Bühne stehen wollte. Dieser Gedanke war aufregend, fühlte sich an wie ein Versprechen für die Zukunft, ein Angebot, endlich zu leben wie ein Mensch, nicht wie diese seltsame, eulenhafte, engelhafte, geisterhafte Art von Wesen, die sich für ein paar Stunden in der Nacht mit dem Publikum verbündet, um sich entweder, wenn die Musik nicht wirklich gut ist, zu schämen, zumindest der Peinlichkeit des Augenblicks bewusst zu sein, oder sich, wenn alles stimmt, aufzulösen in ein Mischwesen aus Zuhörern, Musikern, Seele, Schwingung, Tönen, was auch immer, ein Irgendwas, das keine Grenzen kennt. Wenn die Musik nichts taugt, ist sie der Mühe nicht wert, und wenn sie was taugt, ist der Unterschied zum richtigen Leben, dem Rest des Tages, den man trotzdem irgendwie herumbringt, zu groß.

Vielleicht war er inzwischen alt genug, um zu wissen, dass das Leben kein Rausch sein kann, oder auch, dass ein Rausch nicht ohne Kater zu haben ist, und dass der Gedanke »Ich fliege und brauche Kerosin«, mit dem er oft den ersten Stoff des Tages eingefüllt hatte, so wahr wie dumm gewesen war. Und dass er das nicht mehr wollte. Und dass er Daniel dankbar war.

—

Nach der Landung in Frankfurt fand er Deutschland verändert. Zwölf Jahre war er nicht mehr hier gewesen. Alles schien schneller, lauter und nervöser, die Frauen geschminkt und kokett inszeniert, die Männer mit Stirnglatzen, Halbglatzen, fingergliedkurzen Haaren und Anzügen, die ihnen zu eng am Leib spannten, oder Jacken, die irgendwie sportlich wirken sollten, als gäbe es nur noch Banker und Trainer, das Geld war nicht mehr dasselbe, in den Auslagen mit Zeitschriften erkannte er nur wenige Titel wieder, der Bahnhof am Flughafen war eine Raumstation, und der Hightechzug, in den er stieg, um ein Vielfaches komfortabler und eleganter als das eben verlassene Flugzeug.

Er kam sich vor wie ein Westernheld, der aus der einen Fremde kommt und in der nächsten Fremde verweilt, um den Job zu tun, nach dessen Erledigung er in eine neue Fremde ziehen wird.

—

Das war falsch. Er hatte nach Hause gefunden. Dieser Ort, La Storia, mit seiner konzentrischen Betriebsamkeit und dennoch behäbigen Konstanz ist das Richtige für ihn. Niemand erwartet was von ihm, glaubt ihn zu kennen oder fragt sich, was mit ihm los sei. Er ist der, der er sein will. Der Mann, der Kaffee ausschenkt. Alle, die ihn von früher hätten kennen können, sind längst weitergezogen oder haben ein Bild von ihm in Erinnerung behalten mit Bart und langem Haar, dem er nicht mehr ähnelt, er fügt sich ein, gehört zum Stadtbild und hat seine Ruhe. La Storia ist die Höhle, in der er sich zum Winterschlaf seines restlichen Lebens niedergelassen hat.

—

Heute ist einer dieser Tage, an denen nicht mal der Milchschaum gelingt. Benno weiß das jetzt schon, obwohl die Maschine erst aufwärmt. Er riecht diese Tage – sie haben etwas Staubiges, Elektrisches und Metallisches an sich, das ihn, schon wenn er die Tür aufschließt, stört und bis in die Nacht verfolgen wird.

Viel mehr noch aber stört ihn, dass er putzen muss, weil kurz vor sieben Frau Wernke angerufen hat, sie könne nicht, ihr Kind sei krank. Hätte sie ihm das gestern Abend gesagt, kein Problem, aber so musste er sofort aus dem Bett und hetzen, anstatt wie sonst allmorgendlich beim Bäcker Croissants, Baguette und Toastbrot zu holen, oben in der Wohnung die Sandwiches und Tramezzini herzurichten, um dann entspannt gegen halb neun unten aufzuschließen, die Maschine anzustellen, alles nachzufüllen, Zucker, Süßstoff, Streichholzbriefchen, die Tageszeitung mit Heftklammern vor dem Zerfleddern zu schützen und auf die ersten gähnenden Gäste zu warten.

Benno hasst das Putzen. Vor allem in den Toiletten. Natürlich hat Frau Wernke letzte Nacht nur zu viel getankt und kam deshalb nicht aus den Federn. Er hat ein Auge für die Sorte. Und erkennt den Sound einer verkaterten Stimme. Vielleicht hat er sie nur deshalb eingestellt, als eine Art Wiedergutmachung. Als Dominotaktik. Wenn jeder gerettete Säufer einen weiteren rettet, dann zahlt er irgendwie seine Schulden zurück.

Aber wenn sie ihm das zu oft bringt, lässt er sie fallen. Einmal im Monat maximal, mehr ist nicht drin.

Er wird von ihr verlangen, dass sie abends kommt. Dann kann er, wenn was schiefgeht, einspringen oder umdisponieren. Zum Glück hat er Souad auf dem Handy erreicht und konnte ihr den Gang zum Bäcker auftragen. Wenn sie da ist, wird er oben duschen und die Snacks machen. Er fühlt sich schmutzig. Nicht in der Form, seine Gäste zu empfangen.

—

Die ersten drei muss er vertrösten. Bis zehn, halb elf wollen die meisten frühstücken. Zur Entschädigung spendiert er jedem einen Orangensaft und bittet um Geduld. Und betet, dass Souad sich beeilt.

Sie ist eine Schönheit. Und sie ist gut. Noch im wildesten Trubel wirkt sie gelassen, ohne dass jemand auf die Idee käme, sie beeile sich nicht. Sie stammt aus Algerien und versteht es perfekt, die Balance zwischen Freundlichkeit und Kühle zu halten. Jeder, der ihretwegen kommt, und das sind viele, glaubt, sie freue sich, ihn zu sehen, aber keiner, der seine fünf Sinne beisammen hat, kann sich Chancen ausrechnen, bei ihr zu landen. Benno hat einiges von ihr gelernt.

Leider beklaut sie ihn.

Sie verschwindet gelegentlich mit der Kellnerbörse aufs Klo, immer dann, wenn sehr viel los ist. Er kennt den Trick von früher. In Arkansas hat er sich das Greyhound-Ticket mit Kellnern verdient, als er eine Zeit lang nicht an sein Konto kam. Er lässt sie. Aber ihr Gehalt hat er nicht erhöht, als er Valerios erhöht hat. Der ist ehrlich. Hoffentlich verplappert er sich nie, sonst kann sie behaupten, Benno diskriminiere sie. Dabei hofft er, dass sie ihm lang erhalten bleiben möge. Er verdankt ihr eine Menge verträumter, beschwingter und verliebter Gäste.

Als sie endlich auftaucht, ist die Dämmerstimmung im Café noch intensiver als sonst, weil ein Berliner Umzugswagen vor der Tür steht. Daniel und Christine ziehen in den zweiten Stock.

—

Die kleine Wohnung sieht noch fast genauso aus wie kurz nach Bennos Einzug vor zwei Jahren. Im Schlafzimmer eine Matratze, eine Kleiderstange mit Regal darunter, daran und darin sechs weiße Hemden, drei schwarze Hosen und ein Paar Jeans, Wäsche, Socken, Schuhe, braun und schwarz, im Wohnzimmer ein Sofa, zwei Sessel, ein kleiner runder Tisch, die Strat, der Verstärker, ein kleiner Fernseher, in der Küche ein riesiger Kühlschrank, Spüle, Arbeitsplatte, Geschirrkommode. Das reicht. Kein Bild an irgendeiner Wand, keine Stereoanlage, kein Buch.

Wenn er hier ist, sitzt er vor dem Fernseher und spielt Gitarre dazu. Er begleitet und ergänzt die Filmmusik oder klimpert zu Nachrichten, Talkshows, Comedysendungen. Ihm ist egal, was läuft, und egal, was er spielt. Er hört sich nicht zu. Er spielt, weil ihn das beruhigt und in eine Art Schwebezustand bringt, bis er müde genug ist. Jeden Abend.

Jetzt, unter der Dusche, würde er am liebsten stehen bleiben, einfach nicht aufhören, nicht sauber werden, so lange, bis er draußen niemandem mehr begegnen kann. Aber vorher wäre vermutlich seine Haut von ihm abgewaschen – es geht nicht, er muss raus, natürlich muss er raus, ins Café und in einen Tag, der wie jeder andere sein wird.

Mit dem einzigen Unterschied, dass Christine heute auftauchen muss und er Angst davor hat, sie wiederzusehen. Wenn die Möbelpacker da sind, wird sie auch da sein. Um zu dirigieren. Irgendwann im Laufe des Tages wird sie vor ihm stehen. Nach vierzehn Jahren. Und er hat keine Ahnung, wie er sich dann fühlen wird, ob er sie überhaupt noch erkennt, vielleicht ist sie inzwischen sportgestählt und hennarot, mit praktischer Frisur und strassbestickten Jeans, vielleicht ist sie eine Spießerin geworden oder auf diese gewisse Art fade, wie manche Menschen werden, wenn all ihre Ziele erreicht sind und sie begreifen, dass es nur noch ums Festhalten geht und alles, was man festhält, weniger wird, wenn die innere Stimme verklungen ist, die sie angetrieben, angefeuert und angefleht hat, etwas zu machen aus ihrem Leben, jemand zu werden, alles Krumme und Kleinliche abzuwerfen, um sich groß genug zu erschaffen, dass es reicht für den Blick in den Spiegel.

Am meisten Angst hat er davor, dass ihre Gegenwart ihn wieder zurückwerfen könnte. An den Anfang. Oder das Ende. Den Zustand jedenfalls, in dem er sich vor vierzehn Jahren befunden hat.

—

Sie war die Art Frau, in der man nicht mehr das kleine Mädchen sieht, das sie mal gewesen sein musste, die Art, deren Anblick wehtut. Keine augenfällige Schönheit, keine, die bei einer Misswahl auftreten oder gar reüssieren würde, und nicht die Sorte Titelbildgesicht, von der simple Gemüter träumen, aber wer das Wort Anmut schon mal gehört hatte, wusste, wenn er sie sah, was es bedeutete. Ihre unordentlich frisierten dunklen Locken verstärkten seltsamerweise die Aura von Ruhe und Kompetenz, die um sie lag, und ihre Stimme klang samtig und präsent wie die einer leicht verruchten Sängerin.

Benno war damals ein Häufchen Elend, zerfressen von Schuldgefühl, weil er Daniel ohne dessen Einverständnis in der Nervenklinik abgeliefert hatte, und sie war dort Schwester.

Daniel stand bis zum Kragen unter Drogen, aber noch im tiefsten Tran gelang es ihm, seinen Abscheu gegenüber Benno zu zeigen. Dafür, dass er ihn hierhergebracht hatte. »Wenn ich raus bin, will ich nichts mehr mit dir zu tun haben«, sagte er, und Benno wand sich unter Daniels unstetem, aber immer dann, wenn er doch mal traf, vernichtendem Blick.

»Das musste aber sein«, sagte Benno betreten und verdruckst, »du hättest wer weiß was angestellt.«

»Ich dachte, du bist mein Freund«, sagte Daniel. Und dann sagte er nichts mehr.

»Er *ist* dein Freund«, sagte Christine, die danebenstand, leise, aber Daniel schien es nicht zu hören. Sie sah, wie Benno sich quälte, und versuchte, ihn aufzurichten. »Es war richtig«, sagte sie, »das einzig Richtige, was du tun konntest.«

»Ich will dich nicht sehen.« Daniel sprach jetzt zum vergitterten Fenster und drehte sich nicht mehr um, bis Benno irgendwann aufgab und ging.

—

Daniel war von einem Tag zum anderen durchgedreht. Sie bewohnten damals eine Villa, ein großzügiges Holzhaus am Hang mit Ulmen, Birken und Lärchen im Garten, einem kleinen Studio im Kellergeschoss und einem Stockwerk für jeden.

Irgendwann nachts wachte Benno mit rasendem Herzschlag auf. Da war ein seltsamer Lärm – es klang wie betrunkene Einbrecher. Er schlich sich an, verkrampft vor Angst, und war zuerst erleichtert, dann jedoch umso mehr entsetzt, als er Daniel im Flur sah, auf den Knien, wie er im Lichtkegel einer Taschenlampe mit Brachialgewalt den Telefonanschluss aus der Wand meißelte. Bennos Telefon. In Bennos Flur. Jetzt sah er auch, dass alle Lampenkabel zerschnitten waren. Daniel hatte eine Gartenschere neben sich liegen. Wenn er damit schon im Studio gewesen war, dann hatte er Tausende von Mark vernichtet.

»Was wird das?«, fragte Benno eingeschüchtert, denn Daniels verbissene Betriebsamkeit sah so fanatisch und kraftvoll aus, dass zu fürchten war, er gehe auf jeden los, der den Sinn dieser Tätigkeit anzweifelte.

»Die hören alles mit«, sagte Daniel nur und riss und hackte weiter. Er fiel nach hinten, als er endlich Kabel und Dose in Händen hielt.

»Wer?«

Daniel lächelte nur mitleidig oder herablassend in sich hinein, er sah nicht einmal auf dabei.

»Hör doch auf damit, bitte.« Bennos Stimme klang jämmerlich. Daniel griff nach seinem Werkzeug und ging damit in die Küche. Ein Blick auf den offen stehenden Sicherungskasten zeigte Benno, dass der Strom immerhin abgestellt war.

Benno hatte Angst vor Daniel, obwohl der ihn gnädig ignorierte, aber es war klar, dass in seinem Kopf eine zentrale Schraube draußen sein musste und Benno nichts tun konnte, außer das Studio zu retten, indem er es abschloss. Falls es nicht schon verwüstet war.

Das tat er – es war noch unversehrt –, dann sah er Daniel eine Zeit lang zu, wie er mit grimmiger Gründlichkeit alle Steckdosen und Schalter in der Küche zerstörte und sich dann über Herd und Kühlschrank hermachte. Benno war gelähmt und verzweifelt. Und Daniel ganz ruhig. Er pfiff leise durch die Zähne, eine Melodie, an der sie seit Stunden konzentriert arbeiteten, sie hatten die Figur einer Amsel abgelauscht und sich geärgert, sie nicht geistesgegenwärtig mit dem Walkman aufgenommen zu haben, denn jetzt, da sie ein schönes Stück daraus gemacht hatten, würden sie am liebsten den Part der Amsel als Original einspielen.

Benno zog sich an und ging nach draußen. Er wusste nicht, was tun. Die Polizei holen? Das ging nicht. Das war einfach nicht drin. Nicht nur wegen der Koksbriefchen, die noch herumliegen konnten, und dem Gras in irgendeiner Jackentasche, es kam einfach nicht infrage, den Freund an die Bullen zu übergeben. Ihm musste etwas anderes einfallen.

—

Es war Mai, kurz nach vier Uhr morgens, und die ersten Vögel begannen, noch in der Dunkelheit zu singen. Er ließ den Wagen stehen, ging zur großen Straße und darauf abwärts in Richtung Stadt. Niemand sonst war unterwegs, zu früh für die Zeitungszusteller und schon zu spät für die letzten Nachtschwärmer. Höchstens ein unausgeschlafener Bäcker auf dem Weg zur Arbeit konnte ihm begegnen.

Er hätte es kommen sehen müssen. Daniel hatte die letzten Tage gekifft und gekokst, nichts gegessen, nur Wasser getrunken und, wie Benno jetzt erst verstand, auch nicht geschlafen.

Sie waren vor einer Woche von einer kurzen Tour durch Schweden und Norwegen zurückgekommen, und seither hatte Daniel es nicht geschafft, wieder Boden unter die Füße zu kriegen.

Sie rauchten üblicherweise nur nach dem Konzert einen Joint, das half ihnen, wieder herunterzukommen, aber bei Daniel zeigte das Gras auf einmal paradoxe Wirkung. Er wurde immer fahriger und fiebriger, wollte nur noch spielen und aufnehmen, machte Pläne und Konzepte, fing auf einmal an, Diagramme zu zeichnen, die er Benno als Kompositionen präsentierte – Benno begriff nichts und machte einfach mit. Er verstand Daniel auch so. Egal, was auch immer diese Zeichnungen bedeuten mochten, wenn Daniel spielte, wusste Benno, was fehlte, und spielte es dazu. Sie hatten früher schon ähnliche Phasen gehabt, in denen eins zum anderen kam und Schlafen und Essen unwichtig wurden, deshalb dachte sich Benno anfangs nichts dabei, er legte sich einfach hin, wenn er merkte, dass es ihm die Sicherung raushaute, und dachte, Daniel tue dasselbe. Aber immer wenn er aufwachte, war Daniel schon da, wie bei Hase und Igel, und brannte darauf weiterzumachen. In den letzten vier Tagen hatten sie schon das halbe nächste Album entworfen. Und jetzt brach Daniel zusammen. Das war ein Nervenzusammenbruch. Benno musste einen Arzt auftun.

Unten in der Stadt stand er eine Zeit lang vor Daniels

Elternhaus und schaffte es weder zu klingeln noch zu gehen. Daniels Mutter war eine kluge und freundliche Frau, vielleicht wüsste sie irgendeinen Rat, vielleicht hätte sie Einfluss auf Daniel, könnte ihn beruhigen oder irgendwie zum Schlafen überreden, aber er hatte vor fast einem Jahr den Kontakt zu ihr abgebrochen und würde erst recht durchdrehen, wenn er sie sah. Benno versorgte sie heimlich mit Nachrichten über ihren Sohn. Natürlich erzählte er nicht, dass Daniel kiffte und kokste, als wolle er damit ins Guinnessbuch kommen, Benno erzählte nur, was ihr keine Sorgen machen würde: dass es Daniel gut gehe, dass er zurzeit keine Freundin habe, dass sie fürs Goethe-Institut nach Ägypten fliegen sollten und ähnliche Dinge.

Er ging eine Weile durch die Stadt, bis er dachte, ich muss nach Hause und aufpassen, dass er nicht noch mehr anstellt. Er nahm sich ein Taxi. Zum Glück hatte er Geld dabei.

—

Daniel lag in der Küche auf dem Boden, schien mitten in der Arbeit eingeschlafen zu sein, offenbar kurz nach Bennos Flucht, denn Herd und Dunstabzug waren noch unversehrt. Nur der Kühlschrank hatte gelitten.

Benno setzte sich neben ihn, den Rücken an die Wand gelehnt. Ihm war zum Heulen zumute. Daniel sah mager und ausgemergelt aus, wie er da lag, den Kopf auf dem harten Terrazzobelag, nicht mal seinen Arm hatte er daruntergelegt. Benno wagte nicht, ein Kissen zu holen, er wollte Daniel auf keinen Fall wecken, denn dann wüsste er wieder nicht weiter. Er stand auf, ging nach unten und sah erleichtert, dass die Studiotür nicht aufgebrochen war. Dann ging er zu Daniel zurück, sah ihm beim Schlafen zu und spürte Übelkeit in sich aufsteigen vor lauter Angst, Verwirrung und Ohnmacht.

Als Daniel schließlich aufwachte, nach vielleicht einer Stunde, kurz nach acht, sagte er: »Ich bin so scheißemüd, ich muss mal richtig schlafen«, und Benno hatte die Eingebung, ihm einen besseren, weil abhörsicheren Ort vorzuschlagen.

»Okay«, sagte Daniel, »die Idee ist echt gut«, und zog sich an, folgte Benno zum Wagen, stieg ein, sprach kein Wort auf der Fahrt, dann setzte er sich im Empfang der Klinik auf eine Bank, während Benno sich nach der Schwester umsah, und schlief wieder ein.

»Er braucht Hilfe«, sagte Benno.

»Drogen?«, fragte die Schwester nach einem Blick auf Bennos Vollbart, lange Haare und esoterisch anmutende Kleidung.

»Auch. Ja. Aber das hier ist was anderes. Er ist richtig übergeschnappt.«

Sie schickte ihn zu einem Dr. Rabenhorst im zweiten Stock und versprach, ein Auge auf Daniel zu haben. »Der sieht mir nicht aus, als würde er gleich wieder aufwachen«, sagte sie in einem Ton, von dem Benno nicht hätte sagen können, ob er skeptisch, verächtlich oder freundlich klang.

Nachdem er dem Arzt alles beschrieben hatte, kam der mit ihm zum Empfang, und sie weckten Daniel, der erstaunt um sich blickte, aber willig mitkam, als Benno erklärte, hier sei ein Bett für ihn.

—

Nachdem sich die Tür der Station hinter Daniel und Dr. Rabenhorst geschlossen hatte, fühlte sich Benno so hilflos, dass ihm nichts anderes einfiel, als nun doch zu Daniels Mutter zu gehen. Sie war noch im Morgenmantel, gab ihm eine Tasse Tee und hörte sich geduldig an, was er erzählte. Kein Wort von Koks oder Gras, aber sie wusste auch so Bescheid. Sie versprach, alles Bürokratische in die Hand zu nehmen, die Einweisung und was noch dazugehören mochte – Benno war froh, das alles nicht verstehen zu müssen, froh, sich einer erwachsenen Person anvertrauen zu können, die ihm das Gefühl gab, alles werde gut.

–

Als er dann aber zu Hause durch Daniels Stockwerk ging und die Verwüstung sah, riss es ihn um. Er spülte weinend alle Grasreserven ins Klo, dann jeden Koksrest, den er finden konnte, nahm eine Flasche Glenlivet aus dem abtauenden Kühlschrank, die irgendwer mitgebracht hatte, trank einen Schluck, aber er kannte sich nicht aus mit hochprozentigem Alkohol und nahm zu viel, es brannte ekelhaft, und er goss den Rest aus dem Glas in die Spüle und stellte die Flasche zurück. Er fühlte sich auf einmal wie halbiert.

–

Daniel und Benno waren ein Hirn in zwei Köpfen. Oder eine Seele in zwei Körpern. Oder ein vierhändiger Mensch. In Interviews behaupteten sie manchmal, nicht zu wissen, wer was spielte, aber das war gelogen. Nur für die Zuhörer konnte es so scheinen, denn man sah nur zwei Gitarristen auf der Bühne, aber hörte ein ganzes Orchester.

Sie gingen damals maßlos, aber geschickt mit Echo und Hall um, erzeugten damit Bordune und Obertöne, ganze Sequenzen, die als Schleife immer wiederkehrten und auf denen sie ihren elegischen, satten Wohlklang ausbreiteten. Und das alles mit zwei akustischen Gitarren und einem bisschen Elektronik und Zauberei.

Manchmal wurden sie für ein Liebespaar gehalten, weil sie immer zusammen waren, zusammen wohnten und ausgingen, sogar die Ferien gemeinsam verbrachten, aber das war Unsinn. Was sie teilten, war größer als Sex.

Und es überstand auch schon seit Jahren jeden Spaltungsversuch, sei es den einer verliebten Freundin oder auch eines Musikers oder Produzenten, der nur einen von ihnen beiden engagieren wollte. Sie waren alles zu zweit und nichts allein.

Daniel, der eher seriell monogam war, hatte immer wieder Freundinnen, die auch bei ihm einzogen, aber der Unmut, den die Unzertrennlichkeit der beiden Freunde bei ihnen auslöste, ließ nie lange auf sich warten. Nach kurzer Zeit fühlte sich die Freundin überflüssig und fing an, sich über Benno zu mokieren. Was Daniel dann so lange überhörte, bis sie auszog.

Benno war in dieser Hinsicht klüger. Er hatte mehrere Geliebte gleichzeitig in verschiedenen Städten, reiste, wenn er frei hatte, zu ihnen, verbrachte ein paar schöne Tage und fuhr dann wieder ab. Aus Schaden klug geworden, hatte er irgendwann verbreitet, dass Überraschungsbesuche auf Tour nicht willkommen seien, und so das Risiko minimiert, dass sie aufeinandertrafen und er hässliche

Szenen moderieren musste. Er versuchte, so wenig wie möglich zu lügen – er verschwieg nur sehr viel –, aber ihm war klar, dass er ein hinterhältiges Spiel mit den Frauen trieb. Allerdings ohne sie zu verletzen. Es liegt in der Natur solcher Verhältnisse, dass sie nach einiger Zeit erlahmen. Irgendwann kommt ein netter Typ vorbei, der in derselben Stadt wohnt, der auch mal hilft, die Wohnung zu renovieren, der einen Blumenstrauß zum Geburtstag bringt oder Tütensuppe einkauft, wenn man krank ist. Und dieser nette Typ siegt dann über den fernen Musiker und wird ein richtiger Freund. So war es immer, und so war es Benno immer recht. Er wollte nichts anderes. Das Wichtige war die Musik, alles andere war Nebensache.

—

Der erste Besuch endete gleich damit, dass Daniel ihn kühl des Ortes verwies und Bennos hilflose Rechtfertigungsversuche ignorierte. Jedes Wort verwandelte sich in eine Art Lüge unter Daniels Schweigen und Wegschauen. Christine, die Bennos Verletztheit und Enttäuschung spürte, legte ihm die Hand auf die Schulter und brachte ihn bis zur Stationstür.

Am nächsten Tag fragte er nur noch am Empfang nach Schwester Christine. Sie kam nach einiger Zeit herunter und sagte: »Er redet die ganze Zeit von dir.«

»Will er mich sehen?«

»Nein.«

Sie gab ihm ihre Telefonnummern auf Station und zu Hause, und sagte, er solle anrufen, sie halte ihn auf dem Laufenden. Dr. Rabenhorst sei erst am späten Nachmittag wieder hier, falls er den sprechen wolle, aber viel mehr als sie könne er sicher auch noch nicht sagen. Und er dürfe auch nicht, weil Benno kein Angehöriger sei. Sie dürfe das eigentlich erst recht nicht, aber sie wisse, dass Daniel und er zusammengehörten. Es dauere seine Zeit, bis das Haloperidol überhaupt wirke, bis er eingestellt sei, und dann erst recht, bis er aus der Psychose herauskomme. Wochen, sagte sie, eher Wochen als Tage. Wenn alles gut geht.

»War seine Mutter hier?«

»Ja. Er hat total verstört auf sie reagiert. Was ist mit den beiden?«

»Sie haben Krach. Seine Mutter ist okay. Er hat nur Krach mit ihr.«

»Rabenhorst hat sie gebeten, nicht mehr zu kommen. Erst wenn Daniel das will, darf sie ihn besuchen.«

»Sie liebt ihn über alles. Er ist derjenige, der sie nicht ertragen kann. Sie macht überhaupt nichts falsch.«

Christine sah Benno interessiert, irgendwie forschend an, er kam sich examiniert vor und fragte: »Was ist?«

»Es klingt fast so, als würdest du ihm seine Mutter neiden.«

»Ich neide ihm gar nichts. Was denn? Er behandelt sie schlecht. Sie tut mir leid.«

Wieder stand sie eine Zeit lang nur da und sah Benno an. Aber es war ihm nicht unangenehm. Eigentlich mag er es nicht, angestarrt zu werden – er wird verlegen –, aber jetzt schaute er einfach zurück. Er sah ihr dabei zu, wie sie ihn ansah.

»Ihr seid ein bisschen wie Zwillinge, oder?«

»Nicht nur ein bisschen«, sagte Benno, »wir machen Musik zusammen.«

»Ich weiß, ich hab zwei CDs.«

Sie sah auf ihre Uhr und verabschiedete sich. Er fühlte sich getröstet. Und er freute sich darüber, dass sie die Musik mochte. Wenn sie zwei Alben hatte, musste sie sie mögen. Eines kann man geschenkt bekommen. Zwei hat man, weil man will. Sie würde auf Daniel aufpassen. Sie würde ihm helfen. Und Benno konnte sie wiedersehen.

—

Während der nächsten Tage war er damit beschäftigt, das Haus wieder in Ordnung zu bringen, den Studiotermin für das neue Album abzusagen und eine Reihe von Konzerten in den Herbst zu verlegen. Er musste mit Arno, dem Manager, eine Sprachregelung abstimmen, die Daniels Zusammenbruch als rein körperliche Schwäche hinstellte, damit sich der Szenetratsch in Grenzen hielte. Offiziell legten Tanner & Krantz eine kreative Pause ein, um das neue Album in Ruhe vorzubereiten. Es dauerte drei Tage, bis die Elektrik im Haus wieder funktionierte. Bis dahin ging er jeden Abend zur Telefonzelle und rief Christine an.

Sie nahm ihm die Angst, die ihn in jeder stillen Sekunde überfiel, dass Daniel verrückt bleiben könnte, dass er für immer entmündigt, unter der Aufsicht von irgendwem, seiner Mutter zum Beispiel, ein Leben als Gemüse führen müsste, als einer, dem niemand zuhört, dessen Willensäußerung niemand ernst nimmt, dem man alles vorschreibt, weil er selbst nichts mehr im Griff hat.

»Das geht vorbei«, sagte sie. »Oft kommt so was nur einmal, als eine Art Erschöpfungszusammenbruch. Das ist vor allem bei jungen Leuten so.«

Sie waren beide fünfundzwanzig damals. Daniel im September geboren, Benno im Februar.

»Und er macht schon Fortschritte.«

Am Anfang sei er allen mit Ablehnung und Misstrauen begegnet, inzwischen bezaubere er seine Mitpatienten mit Charme und allerlei witzigen Bemerkungen. Allerdings nur immer dann, wenn die Wirkung des Medikaments nachließ. Dr. Rabenhorst reduziere schon die Dosis und habe in der letzten Besprechung gemeint, in zwei, drei Wochen könne vielleicht schon auf Librium oder Ähnliches umgestiegen werden. »Hoffentlich bald«, sagte sie, »Haldol ist auf Dauer furchtbar.«

»Und warum gibt man das dann?«

»Es fehlt die Alternative. Man muss es einsetzen, solange nichts Besseres da ist. Es ist auch ein Segen. Mit Kehrseite.«

—

Irgendwann stand der Vermieter vor der Tür, mit rotem Gesicht, als habe er den ganzen Weg hierher extra hyperventiliert, um sich zu rüsten für die Tirade, die ansatzlos auf Benno einprasselte und von der er immerhin so viel verstand, dass der Elektriker die Verwüstungen geschildert haben musste und der Vermieter auf seinem Recht auf fristlose Kündigung bestand. Bis zum Monatsende sollten sie draußen sein, sonst werde er, der Vermieter, andere Saiten aufziehen. Er schnaufte davon, als er abgelassen hatte, was nötig war, um diese Vandalen loszuwerden.

Der Anwalt, den Arno gleich nach Bennos Anruf konsultierte, sah keine Chance, dagegen vorzugehen, aber es gelang ihm, zwei Monate Frist auszuhandeln, in der Benno nach etwas Neuem suchen konnte. Das war in einer Universitätsstadt mit chronischem Wohnungsmangel schwierig. Obwohl sie ohne Weiteres zweitausend Mark Miete bezahlen konnten. Aber es musste ein Haus sein. Mit Abstand zu den Nachbarn, weil sie immer nachts Musik machten. Eine Wohnung kam nicht infrage.

Schließlich fand Benno einen Bungalow aus den Sechzigerjahren in einem Vorort. Die Umgebung war dörflich und bieder. Weiße Häuser, gepflegte Vorgärten mit Stiefmütterchen, Cotoneaster und Rosenbüschen und kein Fenster ohne Gardinen. Christine begleitete ihn zur Besichtigung. Es war nur eine Notlösung. Im Garten stand ein Hasenstall, Bohnenstangen lehnten an einer gelb geklinkerten Pergola, das Haus war als einziges in der ganzen Straße grün gestrichen, die Farbe war so hässlich, dass sie ein sehr günstiges Sonderangebot gewesen sein musste, und in Bad und Dusche klebten PVC-Fliesen an den Wänden.

»So richtig schön ist das nicht«, sagte Christine.

Daniel sollte nichts davon wissen. Er war noch immer voller Wut auf Benno und würde sich nicht darauf einlassen, mit ihm umzuziehen. Aber Christine bestärkte Benno in der Hoffnung, Daniel würde diese Wut vergessen, sobald es ihm wieder gut ginge. »Er hört auf mich«, sagte sie, »ich kann ihm erklären, dass du sein Freund bist und alles für ihn tust.«

Sie hatte recht. Benno tat alles, doch er wusste nicht mehr, wo ihm der Kopf stand, fühlte sich selbst langsam einem Zusammenbruch nahe, aber er konnte jetzt nicht aufgeben. Wenn Daniel wieder fit war, musste er einen Platz haben, an dem sein altes Leben auf ihn wartete. Die Musik, das Studio, seine CD-Sammlung und Benno.

Christine half ihm. Sie kam jeden Abend nach ihrer Schicht, und sie packten ein, was Benno am Tag ausgeräumt, sortiert und in seine Einzelteile zerlegt hatte. In vier Tagen war alles außer einem Paar Jeans und Wäsche von Benno in Kartons verstaut.

—

Er hatte damals zwei Freundinnen, eine in Osnabrück und eine in Landsberg am Lech. Und mit beiden machte er Schluss. Er rief sie an und erklärte, er habe sich verliebt. Eine weinte, und die andere legte wortlos auf. Er glaubte, das mit dem Verliebtsein sei eine Notlüge, zu der er gegriffen hatte, um lange Diskussionen zu umgehen – alles war so durcheinander und so anders als bisher, dass er sich einfach nicht vorstellen konnte, mit irgendjemandem außerhalb dieses Chaos' zusammen zu sein. Alles drehte sich um Daniel, den Umzug, ihre auf einmal unsichere Zukunft, darum, dass es Benno gelang, ihr Leben zusammenzuhalten oder wieder zusammenzufügen, aber es war keine Lüge. Er dachte immerzu an Christine.

Und es fühlte sich anders an, als das, was er kannte. Er hätte es nicht beschreiben können, und vielleicht wusste er nicht einmal, dass er es wusste: Was er bisher für Verliebtheit gehalten hatte, war etwas gewesen, das er an- und ausschalten konnte, wie es ihm in den Kram und ins Leben passte, eine Art Freizeitvergnügen, das kitzlige Gefühl der Lust auf einen fremden Körper, Gelegenheit, dieser Lust nachzugehen, ein Stimulans, ein Spiel, bei dem es nicht um alles ging, nur darum, eine Zeit lang zu schweben. Mit alldem hatte das nichts zu tun, was er für Christine empfand: Sehnsucht nach ihr, wenn sie da war.

Ihr musste das nicht auffallen. Sie kannte Benno nicht anders als schüchtern und zurückhaltend, sie hatte sicher keine Ahnung davon, dass er sich beherrschte, um nicht den Boden abzulecken, auf dem sie gegangen war.

—

Es wird allmählich eng und laut, wie immer gegen Mittag, und Benno hat alle Hände voll zu tun damit, einen Kaffee nach dem anderen zu machen, Souad und Valerio erledigen den Rest, bedienen, kassieren, reichen Sandwiches, Wasser, Säfte über die Theke, räumen die Tische ab und wischen sie sauber. Vor einer halben Stunde waren zwei Möbelpacker da und wollten Bier. Das hat er nicht. Sie nahmen murrend einen Cappuccino und einen Grappa.

Jetzt gerade lassen die beiden draußen vor der Tür ein Möbelstück zu Boden krachen. Einen Moment ist es still, dann bricht Johlen und Applaus los, die Leute drängen sich am Fenster, um den Schaden zu begutachten und einander mit witzigen Kommentaren zu übertrumpfen. Und da steht Christine.

Sie ist weder hennarot noch strassbestickt noch spießig noch fad, sie ist wie damals, nur nicht mehr Anfang zwanzig sondern Mitte dreißig. Alles an ihr ist klar und deutlich geworden. Und ihr Anblick tut ihm immer noch weh.

Es ist eine Biedermeierkommode, deren Beine abgebrochen sind, und Christine bückt sich danach, während die beiden Möbelpacker mit trotzigen, schuldbewussten Gesichtern den Rest hoch- und zurück auf die Ladefläche heben. Christine sieht niedergeschlagen aus, als sie die abgebrochenen Beine danebenlegt und dann hereinkommt.

Sie sieht, dass Benno ihr entgegenblickt, lächelt, zuckt mit den Schultern und kommt zu ihm an die Theke.

»Hallo«, sagt sie, »ich muss was trinken.«

Er schiebt ihr ein Glas mit Latte macchiato hin, das für jemand anderen bereitsteht, und sie nimmt einen Schluck, während sie ihm immer noch in die Augen schaut. »Guck nicht so«, sagt sie.

»Ich kann nur so«, sagt er.

Und dann muss er weiterarbeiten, einen Kaffee nach dem anderen auf den Weg bringen, aber er versucht, den Kontakt mit ihr zu halten und das Stocken ihres Gesprächs mit einem Lächeln hier und da zu überbrücken.

»Kommt Daniel nicht?«, fragt er.

»Nein, er hat ein Seminar.«

»Soll ich dir helfen? Halb acht bin ich hier fertig.«

»Wenn du magst, ja. Ich kann's brauchen.«

»Geht's dir gut?«

»Es geht. Und dir? Daniel sagt, es läuft glänzend, und du bist zufrieden.«

»Da hat er recht.«

»Er redet oft von dir.«

»Ja?«

»Klingt immer so, als wär er stolz auf dich.«

Eher auf sich selbst, denkt Benno, was gibt es an mir, auf das man stolz sein könnte? Ich mach Kaffee von morgens bis abends, ich geh nicht pleite, das ist alles. Nichts, worauf man stolz sein könnte. Aber dass er mich zurückgeholt hat und in die Lage versetzt, wie ein Mensch zu leben, dafür darf er sich auf die Schulter klopfen.

»Ich mach mal weiter«, sagt sie, »darf ich zahlen?«

»Natürlich nicht«, sagt er.

Sie lächelt und klopft mit der flachen Hand auf die Theke. »Bis später«, sagt sie und geht.

—

Vielleicht sechs-, vielleicht auch siebenmal in den letzten beiden Jahren hat er Daniel gesehen. Anfangs, als sie die Einrichtung, die Finanzierung, den ganzen Start besprachen, war er zwei Wochen hier gewesen und hatte alles auf den Weg gebracht. Dann kam er nur noch selten – er schien nicht scharf auf seine Heimatstadt zu sein, und er war eingespannt. Christine und er hatten sich in Berlin ein florierendes Geschäft aufgebaut, boten Seminare aller Art an, für Behörden, Firmen und Bildungseinrichtungen. Sie hatten Angestellte und freie Mitarbeiter und verkauften heiße Luft. Selbsterfahrung, Strukturanalyse, Kommunikationstraining, Präsentationsdynamik oder was auch immer – Benno hatte Daniels Erklärungen nur mit halbem Ohr gelauscht.

Das letzte Mal, als er hier war, fühlte sich Benno an die heiße Phase kurz vor der Psychiatrie erinnert, so hochgestimmt und fahrig wie Daniel seine neuesten Pläne heraussprudelte, so hatte er auch damals geklungen. Er war mit Daimler in Stuttgart ins Gespräch gekommen und wollte nun mit Christine hierherziehen, sobald sie für Berlin einen Geschäftsführer aufgebaut hätten. Er werde auch noch IBM und Hewlett-Packard auftun, dann lohne es sich richtig, hier unten eine Dependance zu unterhalten. Den Ausbau der Wohnung hatten sie einem Architekten übertragen – wenn er jetzt einzog, dann würde er alles zum ersten Mal sehen.

Er war mit drei Anzügen, die er Benno überlassen wollte, hereingekommen, aber der hatte abgewinkt. Nicht nur, weil er vor den Gästen nicht wie die arme Verwandtschaft beschenkt werden wollte, er trug auch keine Anzüge, brauchte nicht mehr als eine Jacke und begann sich langsam an dem Gefälle zwischen ihnen zu stören, an das er durch Daniels Gesten und Geschenke immer wieder erinnert wurde.

Anfangs war er noch gerührt gewesen über Daniels Mitbringsel, einmal ein ganzes Service mit Besteck, ein andermal ein Bademantel und eine Mikrowelle, dann der Fernseher – er hatte sich jedes Mal bedankt und gefreut, aber irgendwann begann sich das Ganze falsch anzufühlen, wie Almosen, und er bat Daniel, nichts mehr anzuschleppen. Inzwischen sind seine Schulden auf einen sehr überschaubaren Betrag geschrumpft, und er könnte sich kaufen, was er wollte. Wenn er etwas wollte. Aber er braucht nichts. Er hat alles.

Der Nachmittag ist wie immer kurz. Seltsamerweise scheint gerade die Zeit, in der es etwas geruhsamer zugeht, schneller abzulaufen. Vielleicht, weil Benno in einer Art Halbschlaf solche Routinearbeiten hinter sich bringt, wie mit Peter zu telefonieren, der ihm alles liefert, Milch, Getränke, Papierhandtücher, Klorollen, Seife, Zucker, Früchte und die paar Sachen, die es zum Belegen der Brote braucht, manchmal auch Wein und Olivenöl, das bietet er zum Verkauf an, zusammen mit dem Kaffee – er füllt immer abends alles auf, so kann er morgens ohne Kopfzerbrechen loslegen.

Heute ist der Plan dran. Souad und Valerio tauschen manchmal ihre Zeiten, weil Souad studiert und Valerio nicht auf festen Stunden besteht. Sie stecken zu dritt die Köpfe zusammen, Souad macht die Ansagen, Valerio nickt, Benno schreibt auf. Sie werden hin und wieder unterbrochen von jemandem, der zahlen will oder etwas bestellt, und sind, wie meistens, mit dem ganzen nächsten Monat in einer halben Stunde durch.

Und irgendwann rafft sich auch der letzte zeitunglesende Nestflüchter auf und geht nach Hause zu seiner Frau oder Familie oder Katze, und sie packen die letzte Spülmaschine voll, wischen die Tische zum letzten Mal, rücken alles wieder an seinen Platz, lassen eine vergessene Jacke an der Garderobe hängen, legen ein vergessenes Dupont-Feuerzeug und ein Notizbuch hinter der Theke bereit, und Souad zieht sich ihre Jacke an und geht. Valerio ist schon weg – zu einer Fete bei einem Cousin in der Nachbarstadt.

—

Der Möbeltransporter ist verschwunden, als Peter mit den Sachen kommt. Benno bezahlt bar, das macht die Rechnung zwar nicht günstiger, aber Peter ist es lieber, weil er so immer flüssig ist, und Benno, weil er weniger Geld zum Bankschließfach tragen muss.

Er räumt alles ein und genießt es, dass niemand etwas will von ihm, niemand ihn beobachtet, er kann einfach so vor sich hin trödeln, wie es eben kommt und passt. Meistens will er nach einem ganzen Tag Trubel nur noch allein sein.

Kurz überlegt er noch, ob er alles putzen soll, aber dann denkt er, Frau Wernke wird ihn nicht noch mal versetzen. Sie braucht den Job.

Schließlich fällt ihm nichts mehr ein, womit er den Gang nach oben noch hinauszögern könnte, und er schaltet die Lichter aus, leert die Kasse, packt das Wechselgeld für morgen in die kleine Ledertasche, den Rest in die Geldbombe und schließt ab.

Die Bank ist nur ein paar Schritte entfernt. Wenn er noch rauchen würde, reichte der Weg hin und zurück nicht mal für eine Zigarettenlänge. Er raucht schon lange nicht mehr. In Amerika war das so beschwerlich, dass er es irgendwann aufgab. Er hatte einfach keine Lust mehr, jedes Mal der Freak zu sein, wenn er sich eine ansteckte. Das war es nicht wert. Und er brauchte das Geld für Stoff.

—

Das Treppenhaus hat einige Macken abgekriegt – man wird es renovieren müssen. Benno hört, dass das Radio läuft, und unterdrückt den Impuls, Christine zu bitten, sie solle es abstellen – er hört keine Musik mehr, und es stört ihn, wenn sie einfach nur nebenher läuft. Aber das ist Christines Wohnung und Christines Einzug, also ist eben auch Christines Radio an, und er wird weghören. Er wird es versuchen.

Sie steht am Fenster und schaut über die Dächer. Er weiß nicht, ob sie ihn bemerkt hat, also klopft er an die offene Tür und gibt sich Mühe, nicht den Rhythmus des Songs aufzunehmen. Es ist *Classical Gas* von Mason Williams, ein Instrumental aus den Sechzigerjahren, und

Benno fragt sich, was das für ein Sender sein mag, der noch solche entlegenen Nummern spielt, da dreht sie sich um, lächelt ihn an, gleichzeitig wird die Musik ausgeblendet, und der Moderator erklärt, dass dieses Stück von Margret für Winnie war.

Leere Wohnungen sind eine starke Droge. Ob unsere Biologie Endorphine bereithält für den Nestbautrieb, oder ob es die romantische Sehnsucht nach Neuanfang ist – in leeren Wohnungen ist man aufgekratzter und empfindlicher, alle Antennen sind ausgefahren, die Haut ist dünn, und der Atem scheint bis in die Kniekehlen zu strömen. Das wusste Bertolucci, als er den letzten Tango drehte. Christines Haar hat wieder diese gewisse Unordentlichkeit, die ihm schon damals so gefallen hat, obwohl sie es inzwischen halblang und, jetzt gerade, mit einem Stirnband trägt, nicht mehr wie früher lang, von Spangen, Klammern oder Kämmen gebändigt. Inzwischen läuft *All Right Now* von Free.

Musik klingt nicht wirklich gut in leeren Räumen, der Fünf-Kilohertz-Anteil wird von den glatten Flächen übermäßig verstärkt, aber in diesem Moment hat es was. Es gefällt ihm.

»Kennst du dich mit Lampen aus?«, fragt Christine. »Kannst du sie aufhängen?«

»Ja«, sagt er, ein Plus, ein Minus und ein Erdkabel kann jeder mit dem entsprechenden Gegenstück verbinden, da die Kabel farbig sind und man die Enden nur in einer Lüsterklemme festschrauben muss.

Sie zeigt ihm einen schrulligen Kronleuchter voller bunter Tropfen, Früchte und Blätter aus Glas, der ins Bad soll, und er macht sich an die Arbeit. Weil es keine Leiter gibt, muss er einen Stuhl auf einen Tisch stellen – die Räume sind hoch, das Haus wurde Anfang des letzten Jahrhunderts gebaut –, sie reicht ihm die Lampe und lächelt: »Ziehen wir schon wieder zusammen um«, sagt sie.

»Wir waren ein gutes Team«, sagt er.

—

Den Transport damals hatte eine Spedition erledigt, das Einräumen übernahmen Christine und Benno. Sie schlug vor, sich um Vorhänge zu kümmern, und maß alles aus, fuhr mit seinem Wagen in die Stadt, um Stoff zu kaufen und das Nähen in Auftrag zu geben, während er zuerst das Studio auspackte und aufbaute und dann die Platten, CDs, Kleider und Küchenutensilien einräumte und bemerkte, dass er sich mittlerweile weniger überfordert als vielmehr durch die Beschäftigung getröstet fühlte.

Immer nach ihrem Dienst holte er Christine von der Klinik ab, und sie half ihm, erzählte von Daniel, von diesem und jenem, das sie über Psychiatrie und Psychologie wusste, von ihrer Heimatstadt im Westerwald und störte sich nicht daran, dass er schweigsam war und immer nur auf Fragen reagierte. »Ihr seid ein seltsames Paar«, sagte sie irgendwann, und es klang aus ihrem Mund wie ein Lob.

»Wir sind kein Paar«, sagte er, »wir machen nur Musik.«

Wenn sie Hunger hatten, holte einer von ihnen Pizza, oder sie gingen irgendwohin aus. Benno bezahlte. Dann brachte er sie nach Hause – sie wohnte in einer Wohngemeinschaft in der Altstadt. Nach wenigen Tagen war der hässliche Bungalow schöner geworden als die Villa, aus der man sie rausgeworfen hatte. Das lag an Christine. Weder

Daniel noch Benno waren je an Wohnlichkeit oder Schönheit interessiert gewesen, in der Villa hatten sie beim Einzug die braungrünen Vorhänge vom Vormieter übernommen und ihre Sachen einfach hingestellt. Aber jetzt machte Christine die Vorschläge – Benno stimmte zu, und auf einmal war das Ganze ein Nest. Nicht nur wie bisher ein Platz für Geräte, Instrumente und Möbel. Es gab einen Teppich, eine Tischdecke, eine alberne Stehlampe und ein zweites Sofa. Es gefiel ihm. Daniel würde staunen.

Nach dreieinhalb Wochen war die Villa neu gestrichen, der Bungalow eingerichtet und Christine hatte keinen Grund mehr zu kommen.

Benno versuchte, die Zeit zu nutzen, und arbeitete an den angefangenen Stücken weiter oder an Ideen, die noch kein Stück geworden waren. Er nahm alles auf, löschte es aber oft, noch bevor er sich überwinden konnte, es anzuhören – ohne Daniel war das alles nur Mittelmaß. Ganz nett. Das konnte auch jemand anderes so machen. Ohne Daniel war er Durchschnitt.

Er trank hin und wieder einen Schluck oder ein Glas Glenlivet, und manchmal spielte er dann besser oder schlief besser. Oder er fühlte sich besser.

—

Alle paar Tage rief er Christine an, zwei-, dreimal trafen sie sich, und irgendwann bat sie ihn, Daniels Gitarre in die Klinik zu bringen. Er nahm auch seine mit, für alle Fälle, und stand vor Daniel mit weichen Knien und kurzem Atem, eine Gitarre in jeder Hand. Daniel nahm seine, skeptisch zuerst, aber dann mit einem kleinen Lächeln, setzte sich, legte das Instrument über sein rechtes Knie und begann es zu stimmen. Dann sah er zu Benno auf, der immer noch stand, sich schon damit abfinden wollte, dass er wieder gehen müsste, nur als Lieferant der Gitarre eingeplant gewesen sei, und Daniel lächelte breiter und sagte: »Tut mir leid.«

»Mir auch«, sagte Benno und zog sich einen Stuhl heran.

Daniel hatte sich schon die Fingerpicks angesteckt und begann zu spielen, während Benno zuerst noch stimmte und dann fließend in die Figur einstieg, zuerst mit einzelnen Flageoletts, dann einem Glissando abwärts auf der tiefen E-Saite über fast den ganzen Hals, und dann legten sie los, als hätte es nie eine Pause, geschweige denn ein Zerwürfnis, gegeben.

Die Ärzte und Schwestern waren angetan, manche sogar hingerissen, einige der Patienten auch. Einer war so aufgeregt, dass er in die Hose machte, und ein anderer gab ständig Geräusche von sich. Er musizierte wohl mit. Daniel schien sich nicht darum zu kümmern, also schluckte Benno seine Irritation und spielte. Daniel genoss den Auftritt, er badete in der Aufmerksamkeit und Zuneigung, sie schienen alle in ihn verliebt zu sein, starrten ihn mit strahlenden Gesichtern und glänzenden Augen an, als wäre er der liebe Gott, manche schienen sogar das Blinzeln zu vermeiden, um keine kostbare Zehntelsekunde von seinem Anblick zu versäumen. Benno ignorierten sie. Er war nur der Gitarrist von Gott. Es gab ihm einen Stich, als er irgendwann bemerkte, dass auch Christine nur Augen für Daniel hatte.

Die Wohnung ist wirklich schön. Benno, der sich in Amerika keinen Blick dafür antrainieren konnte, hat seit der Zeit im grünen Haus nicht mehr über den Unterschied von schön und hässlich bei Räumen oder Einrichtungen nachgedacht. Auf diese Idee kommt man nicht, wenn man in Motels übernachtet oder in einem Trailer wohnt. Sein ästhetisches Empfinden beschränkt sich auf Musik, die Schönheit von Dingen ist nichts, was ihn bewegt. Normalerweise nicht. Aber jetzt, in diesem Bad, zwei Songs später, beide erträglich, *Radio Gaga* von Queen und *Hotel California* von den Eagles, sieht er sich um und spürt, dass hier eine große Ruhe herrscht. Jenseits der Umzugskartons, Plastiktüten und Werkzeuge, die überall stehen, lehnen und liegen, ist Ruhe. Dieser Innenarchitekt muss sich abgestimmt haben mit Christine. Das alles hier passt zu ihr. Ob es zu Daniel passt, weiß ich nicht, denkt er, ich kenne ihn nicht mehr. Er ist ein anderer Mensch geworden. Einer, der Anzüge trägt, ein Mensch mit einem Haarschnitt. Ein Kreditkartenmann. Andere Welt.

»Soll ich das Radio ausmachen?« Christine steht wieder in der Tür.

»Wenn du es ohne aushältst, ja.«

Inzwischen läuft *Tainted Love*, und es kann nicht mehr lange dauern, bis auch so was wie *Do you really want to hurt me* kommt.

Es gibt noch zwei Lampen für ihn, beide so prächtig und skurril wie die im Bad. Eine kommt ins Klo – er muss Tisch und Stuhl über die Schüssel stellen, um sie anzuschließen, sollte sie je runterfallen, dann kann man sie mit der Spülung entsorgen, oder sie verletzt jemanden, der hier sitzt und träumt –, die andere kommt ins Wohnzimmer über den Esstisch. Ihre Liebe zu abgefahrenen Lampen hat Christine nicht verloren.

Wieso glaube ich eigentlich, sie noch zu kennen, denkt er, und Daniel nicht mehr? Nur weil ich in den letzten zwölf Jahren immer wieder an sie gedacht habe? Vielleicht. An Daniel hat er nicht gedacht. Oder nur selten. Oder, das ist wohl das Wahrscheinlichste, er wusste nicht, dass er an Daniel dachte, weil es zwischen Daniel und ihm keine klare Grenze gab. Wenn er sich erinnerte, an sich selbst, wie er früher war, was er getan, gelassen, gewollt oder vermisst hatte, dann dachte er Daniel automatisch mit.

–

Er hatte seine Gitarren nicht mitgenommen, hatte Daniel eine Notiz auf den Tisch gelegt, mit der Bitte, sie zu verkaufen und das Geld auf Bennos Konto einzuzahlen. Viel mehr stand nicht auf dem Zettel, nur dass er weg sei, dass es ihm leidtue, dass er Daniel viel Glück wünsche und ihn bitte, ihm nicht böse zu sein. Dann war er von Frankfurt aus über Atlanta nach New York geflogen, hatte sich dort einen Wagen gemietet und war durch die Staaten, zuerst nach Süden, dann nach Westen gefahren.

Und schon kurz hinter Washington hatte er festgestellt, dass er nichts mit sich anzufangen wusste. Eine Stadt nach der anderen anzufahren, ein Motel in den immer gleichen Stadtrandgebieten mit ihren Tankstellen, Supermärkten, Restaurants und Möbelhäusern zu suchen, einchecken, dann downtown fahren, dort nicht wissen, was er tun soll, raus zum Motel, irgendwas essen, fernsehen, schlafen, weiterfahren. Er langweilte sich. Er fuhr durch Filmbilder und suchte immer öfter Countrysender im Autoradio, bewegte sich um der Bewegung willen von einem Ort zum nächsten, und das Einzige, was ihm daran gefiel: Er war niemand. Nirgendwo. Der Nowhere Man. Der Nighthawk. Der mit einem Glas Bourbon in der Ecke sitzt und nicht dazugehört.

Bald fing er an, nach Musikläden zu suchen, in denen er stundenlang die verschiedensten Gitarren ausprobierte, nie akustische, immer elektrische, und immer öfter griff er nach einer Stratocaster, denn die klang auch trocken gut, und er fand sich auf dem Hals zurecht.

Und in Raleigh kaufte er eine. Sie war rot, sehr gut verarbeitet, klang phantastisch über den kleinen dazugekauften Miniverstärker, den er im Auto an den Zigarettenanzünder anschließen konnte, und er spielte sie auf Parkplätzen, wenn er dort alleine war, oder nachts im Motel, so leise, dass kein Zimmernachbar gestört wurde. Er musste neu anfangen. Eine E-Gitarre ist ein anderes Instrument. Man fasst sie viel vorsichtiger an als eine akustische. Aber auf einmal war er wieder jemand. Ein Musiker.

–

Die Countrysongs im Autoradio hatten ihm Lust gemacht, nach Nashville zu fahren und sich in den Clubs dort umzuhören, und er begriff, dass er unterwegs wohl meist die besseren Sender erwischt hatte, denn der Kitsch, der unter dem Rubrum Country firmiert und das gesamte Genre vergiftet, überschwemmte ihn erst hier – er wäre wohl angeekelt aus der Stadt geflohen, hätte er nicht die guten Songs noch im Ohr gehabt: New Country. Singer-Songwriter mit Bluegrass- und rockigen Einflüssen.

Bald kannte er ein paar Clubs, in denen ihm die Musik gefiel, und er ging fast jeden Abend hin. Sagte ihm die Band im einen nicht zu, dann zog er um zum nächsten. Weil man oft nicht rauchen durfte, trank er ein bisschen mehr. Er kaufte sich ein Wohnmobil, um weiter nach Westen zu fahren, aber er blieb fast drei Monate. Tagsüber spielte er Gitarre für sich selbst, abends streunte er durch die Musikclubs, und nachts war er zu betrunken, um irgendwas an diesem Leben falsch zu finden. Geldsorgen hatte er keine. Geld gab es auf der Bank.

—

»Hast du nicht langsam mal Hunger?«, fragt Christine irgendwann. Inzwischen packen sie Bücher aus. Sie liegen schon alphabetisiert in den Kartons, Benno reicht sie ihr, und sie stapelt sie so, dass man alles in einem nächsten Schritt nur noch der Reihe nach in die Regale stellen muss.

»Doch«, sagt er.

Er führt sie zu Brinkmann. Das Lokal ist klein, wenige Tische, schlanke Karte, gute Weine, von deren Qualität er sich allerdings nur hat vorschwärmen lassen, er rührt keinen an. Er trinkt Wasser.

Sie sind nicht sehr gesprächig, aber es fühlt sich nicht peinlich oder zäh an. Christine kennt ihn so, er war schon früher wortkarg und einsilbig, es fällt ihm nicht ein, die Ruhe mit dem Absondern von Text zu stören. Sie essen.

»Ich freu mich drauf, wieder hier zu leben«, sagt sie irgendwann. »Die Stadt ist viel schöner geworden.«

»Ja«, sagt er, »nicht mehr so verdruckst wie früher.«

»So ein Lokal wie das hier hätte es damals nicht gegeben. Klein, gut und lässig und nicht mal verrückt teuer.«

»Vielleicht hätten wir's auch bloß nicht entdeckt.«

»Stimmt. Wir hätten nur nach einer Pizzeria gesucht«, sagt sie und lächelt.

Sie sind die letzten Gäste. Das hat sich in dieser Stadt nicht geändert, hier ist noch immer früh Schluss. Nur eine Handvoll Lokale hat länger als bis zwölf geöffnet, und nur zwei davon haben eine Küche. Und die taugt nichts, weil die Konkurrenz fehlt.

Benno winkt der Bedienung und will bezahlen, aber Christine besteht darauf, ihn einzuladen. Bevor sie lang und zäh darum streiten, gibt er klein bei und lässt sie gewähren.

»Reicht dir das Leben, das du jetzt führst? Bist du zufrieden?«, fragt sie.

»Ja«, sagt er.

»Woran merkst du das?«

»Daran, dass ich mir die Frage nicht stelle.«

»Das ist männlich«, sagt sie lächelnd, aber mit einer Spur Herablassung, die er in ihrer Stimme zu hören glaubt, »man beachtet seine Gefühle nicht.«

»Was gibt's da zu beachten? Man hat sie. Wie soll man sie ignorieren. Das geht doch gar nicht.«

»Aber Männer tun das andauernd.«

»Woher weißt du das?«

»Sie reden nie darüber.«

»Das ist nicht dasselbe.«

»Und sie lassen sie nie raus.«

»Was sollen Gefühle draußen? Das Leben ist doch kein Theater.«

»Männlich«, sagt sie wieder. Es klingt triumphierend, als hätte sie ihn bei einer Schwäche ertappt. Vielleicht war sie zu lange in Berlin gewesen. Vor vierzehn Jahren schien sie ihm nicht so mit Etiketten um sich zu werfen. Sie hatte etwas Fragendes, Suchendes gehabt damals. Man fühlte sich interessant in ihrer Gegenwart. Auch ohne zu labern.

Vielleicht hat das auch nichts mit Berlin zu tun. Vielleicht ist es einfach das Älterwerden. Feste Kategorien für alles. Hauptsache aufgeräumt. Aber was soll's. Es ist ihm egal. Wenn sie glaubt, sich auszukennen, soll sie. Nein, es ist ihm nicht egal. Er will nicht als »Mann«, was auch immer sie sich darunter vorstellen mag, vor ihr sitzen, sondern als »Ich«. Eine Variante sein wenigstens. Nicht der Prototyp.

»Hab ich dich geärgert?«, fragt sie draußen, nachdem sie ein Stück schweigend gegangen sind.

»Nein.«

Auf solche Fragen muss man lügen. Sonst versucht man, zu erklären, was nicht zu erklären ist. Oder nicht verstanden werden kann.

Sie verabschieden sich im Hausflur. Christine küsst ihn auf die Wange und sagt: »Danke fürs Helfen.« Er sagt: »Gern getan«, und schließt seine Tür auf.

Eine Zeit lang hört er sie noch über sich auf und ab gehen, dann nimmt er die Strat und spielt. Und hört keine Schritte mehr über sich, nur noch das spitze winzige Zirpen der angeschlagenen Saiten ohne Resonanz, er spürt die Töne und Klänge auf seinen Fingerspitzen, die er hören würde, wenn die Gitarre angeschlossen wäre.

Als Daniel entlassen wurde, machten sie da weiter, wo sie unterbrochen worden waren. Er quittierte die hübschen Vorhänge, Tischdecken, den Teppich und die Lampen mit einem kleinen Grinsen und beeilte sich, ins Studio zu kommen und loszulegen. Ein paar Tage lang gab sich Benno der Hoffnung hin, alles werde weitergehen wie zuvor, aber je besser sie vorankamen, desto deutlicher spürte er, dass sie nicht mehr eins waren. Nicht mehr der Doppelmusiker von früher. Benno war nur noch der Gitarrist von Gott. Daniel hatte auf einmal Ideen und Vorschläge für Bennos Part, das war bisher nie so gewesen, jeder hatte seinen Teil erfühlt und beigesteuert, wenn der andere ein melodisches Angebot machte – jetzt spielte Daniel Figuren vor, die Benno übernehmen sollte, triezte ihn mit manchmal sehr genauen Vorstellungen und hatte offenbar vergessen, dass Benno in der Lage war, ihn zu überraschen. Benno schluckte seinen Ärger und versuchte es dennoch. Aber wenn er sich auf Daniel eingestellt und in seine Figuren eingefädelt hatte, dann quittierte der das mit einem Kopfnicken oder ähnlich lakonischen Zeichen der Anerkennung und nicht mehr wie früher mit diesem breiten, strahlenden Lächeln, das Benno gewohnt war und auf das er nun vergeblich wartete.

Ihre Musik war immer noch gut – die Ideen flogen hin und her, aber Benno hatte das Gefühl der Ebenbürtigkeit und Gleichberechtigung verloren. Die Balance war verrutscht. Daniel machte sich zum Anführer und Benno zum Vasallen.

Natürlich fiel das niemandem auf. Feine Veränderungen in der Chemie zeigen sich nur den Beteiligten, nur die misstrauische Ehefrau merkt, dass ihr Mann auf einmal zuvorkommend wird, das Rasierwasser wechselt und seinen Musikgeschmack modifiziert, nur der misstrauische Ehemann entdeckt, dass seine Frau ihn plötzlich nicht mehr ändern will.

Als sie Arno nach drei Wochen das neue Material vorspielten, war der begeistert und machte Pläne wie immer. Und als sie wieder auf der Bühne standen, in Graz, in Wien und Heidelberg, wo sie drei der neuen Stücke ausprobierten, war es wie immer. Benno fühlte sich getragen von Daniel und sich selbst, vom Publikum, fühlte sich enteignet und reich im selben Augenblick, es war so aufregend und tröstlich wie immer, mit Daniel zu musizieren.

Nur dass der jetzt mehr als früher den Entertainer spielte, sich auf der Bühne und auch in den Interviews, die sie manchmal hinterher für die örtlichen Zeitungen gaben, in den Vordergrund rückte. Aber das störte Benno nicht. Daniel nahm ihm den Part ab, und das war ihm recht.

Nach den Konzerten trank er Whisky, und Daniel trainierte mit Hanteln oder rannte ein paar Kilometer. Sie hatten kein Wort darüber geredet, aber Gras und Koks blieben tabu. Ob Daniel überhaupt merkte, dass Benno ihm zuliebe die Finger davon ließ, war für Benno nicht zu erkennen. Vielleicht hielt Daniel das für selbstverständlich.

Nach zwei Wochen Pause, in denen Christine einmal zu Besuch kam, um sich die neuen Stücke vorspielen zu lassen, gingen sie auf eine kompakte kleine Tournee, auf der sie die neuen Stücke warmspielen wollten – zwölf Konzerte in – außer Düsseldorf und Mainz – allesamt kleinen Städten, alle Ersatz für die ausgefallenen vor einem Vierteljahr.

Aus irgendeinem Grund wollte Daniel plötzlich das Verkabeln übernehmen. Bisher hatte Benno das gemacht, zusammen mit Carlo, dem Mixer, und Daniel musste nur mit anpacken, wenn die Zeit knapp war. Er hatte in dieser Zeit die Gitarren gestimmt, Saiten gewechselt oder war unterwegs gewesen, um Blumen zu holen. Sie hatten mittlerweile viele esoterische Schwärmer im Publikum, und Benno war auf die Idee gekommen, jeden Abend frische Blumen auf die Bühne zu stellen.

Es hätte ihm nichts ausgemacht, die Kabelei abzugeben, es war der schmutzige Teil der Arbeit, man hatte immer schwarze Hände hinterher, aber Daniel hielt den Betrieb auf. Er brauchte doppelt so lang, brabbelte vor sich hin, erklärte sich selbst jeden Schritt und wollte sich nicht helfen lassen. So kam es, dass Carlo und Benno immer öfter herumstanden und darauf warteten, dass es weiterging. Benno hatte Angst, Daniel könnte deshalb so hartnäckig darauf bestehen, weil die Schraube in seinem Kopf noch locker war, weil er glaubte, den Bühnensound irgendwie abhörsicher machen zu müssen. Aber er sagte nichts Seltsames und tat nichts Unvernünftiges, deshalb gewöhnte sich Benno daran, und sie stellten sich nach und nach auf Daniels Trödelei ein, indem sie eben früher losfuhren.

Nun, da – bis auf die kleinen Veränderungen in Daniels Verhalten – alles wieder so war wie früher, erfasste Benno erst das Ausmaß der Angst, die er gehabt hatte. Nicht nur um Daniel, nicht nur davor, dass er vielleicht übergeschnappt bliebe, sondern um sein eigenes Leben. Das beste denkbare Leben. Dieser privilegierte Zustand, in dem er tat, was ihm das Liebste war, musizieren, in Musik verschwinden, ein glückliches Irgendwas ohne Konturen in einem größeren Zusammenhang, aufgelöst wie Aspirin in

Wasser, und überall willkommen. Sie reisten an, es wartete jemand, der sie mochte, weil sie den Saal vollmachten, der Saal, das Publikum, mochte sie erst recht, weil sie Schönheit, Wärme, Musik austeilten, es fühlte sich wieder so an wie schon die letzten Jahre hindurch: Es würde so weitergehen, sie konnten weiterträumen, mussten nicht aufwachen, noch nicht. Sie wurden geliebt, ohne lieben zu müssen. Und hinterher die weiche Landung in der Hotelbar mit Whisky, Komplimenten, schönen Augen und irgendwann der richtigen Sorte Müdigkeit, die einen das öde Hotelzimmer übersehen oder gar zu schätzen wissen ließ.

Benno genoss diese kleine Tour mehr als die früheren, weil er begriffen hatte, dass das alles nur geliehen war. Es konnte jeden Tag wieder vorbei sein. Daniel konnte wieder überschnappen.

—

Frau Wernke hat ihn nicht versetzt. Alles blitzt und glänzt, wie es soll. Er lässt den Vormittag an sich vorbeiklappern und wartet darauf, dass Christine sich zeigt.

Ein paar Schlipsdynamiker machen ihm zu viel Lärm. Sie sind jung, vielleicht Wirtschafts- oder Jurastudenten, vielleicht nach einer wichtigen Prüfung, jedenfalls so aufgekratzt und stolz auf sich selbst, dass das ganze Café ihrem Lachgebrüll und Sprüchewettbewerb lauschen muss. Wenn er Musik hier hätte, könnte er sie lauter drehen und hoffen, dass der Jungstierpulk was merkt, aber er hat keine. Hier geht es um Originalgeräusche. Zum Glück ist Souad heute nicht da. Diese Sorte Mann dreht noch mehr auf, wenn sich eine schöne Frau für sie interessieren soll.

Benno muss sich zusammenreißen, um die Jungs nicht anzubrüllen: »Ja, wir haben's mitgekriegt. Ihr werdet alle bei Daimler, Bosch und Porsche ins Topmanagement übernommen, ihr werdet Rotarier und Golfer und Poolbesitzer und fahrt einen Cayenne, aber das interessiert hier niemanden.« Das hier ist nicht *sein* Wohnzimmer. Es ist das Wohnzimmer der Gäste, und diese Adrenalin- und Testosterongeneratoren sind Gäste. Als der Wortführer die dritte Runde Prosecco bestellt und sich über den Qualm im Lokal beklagt, nimmt sich Benno eine Zigarette aus Valerios Packung und zündet sie scheinbar gedankenverloren an, während er die Gläser vollschenkt. Er nickt dem Mann zu und sagt: »Da hilft nur, dagegen anrauchen.« Es fällt ihm schwer, nicht zu husten, aber er schafft es.

Elsa hat ihn bei dieser kleinen Demonstration beobachtet. Von ihrem Lieblingstisch am Fenster aus schickt sie ihm ein ebenso einvernehmliches wie irritiertes Lächeln herüber. Benno hält die Zigarette so, als hätte er sie nur für sie angezündet, und bietet sie ihr an. Sie kommt und nimmt sie. »BWL«, sagt sie leise, »Schlips von Tchibo, Anzug von H & M, aber glauben, man kommt rüber wie Tom Cruise.«

Elsa leitet das Wertpapiergeschäft bei der Bank hier um die Ecke, in deren Schließfach Benno allabendlich seine Tageseinnahmen versenkt. Sie würde ihn nicht von der Bettkante stoßen, das hat sie in einem unbeherrschten Moment zwischen Tür und Angel verraten. Aber er sitzt nicht dort. Schon gar nicht jetzt, da Christine wieder hier ist.

Sie taucht den ganzen Tag nicht auf.

Aber am Abend hört er ihre Schritte über sich, als er zwei der übrig gebliebenen Tramezzini isst und sich auf einmal fragt, wie er die Zeit bis zum Müdewerden herumkriegen soll. Er hat keine Lust auf die Strat und keine Lust auf Fernsehen, und was anderes ist nicht im Angebot. Er langweilt sich. Den Zustand kannte er nicht bisher. In seinem Kopf läuft eine Endlosschleife von *Help Me Make It Through The Night.*

—

Er blieb länger, als er vorgehabt hatte, in Nashville. Eine Zeit lang dachte er darüber nach, Gitarrenunterricht zu nehmen, aber er raffte sich nie auf, einen der Könner, die er spielen hörte, zu fragen. Die Technik war zu verschieden. Hier spielten fast alle auf Telecaster, halbakustischen Gretsch- oder manchmal auch Hagström-Gitarren, nur selten sah man eine Strat, und sie spielten alle mit Plektrum. Benno wollte seine eigene Technik mit Fingerpicks behalten. Erst viel später lernte er Flatpicking, als er mit einer Coverband tourte, die auf Hochzeiten, Stadtfesten und Geburtstagen spielte. Aber er studierte trotzdem, hörte zu, versuchte, ähnlich zu spielen, und übte stundenlang in seinem Camper. Es entstand eine Mischung. Das, was er mit Daniel gemacht hatte, war trotz der amerikanischen Zupftechnik eher europäisch gewesen, elegisch, romantisch und komplex, das, was er jetzt dazulernte, hatte seine Wurzeln in Blues, keltischer Folkmusik und osteuropäischen Tänzen.

Irgendwann klopfte es an seiner Tür, als er ein Stück von Chet Atkins zu spielen versuchte. Der Trailerpark war in dem Bereich, auf dem Bennos Camper stand, für Kurzparker reserviert. Weiter hinten standen die Wohnwagen aufgebockt, und die Besatzung war das, was man White Trash nennt, arme Leute, Underdogs, aber hier hatte man es mit Touristen, wohlhabenden Rentnern und Träumern zu tun, die ihre manchmal überdimensionalen Mobile Homes an Strom und Wasser anschlossen und ein paar Tage oder Wochen blieben.

Vor seiner Tür standen eine junge Frau in Jeans und T-Shirt und ein älterer, vielleicht fünfzigjähriger, zerknitterter Mann mit buschigen Koteletten und weißem Stetson. Ob er nicht mit einsteigen wolle, sie würden nachher in der Bar ein paar Songs spielen. Die junge Frau hieß Tish und der Mann, ihr Vater, hieß Walter. Sie wollten am nächsten Morgen weiter nach Norden und diesen Abend ein kleines Abschiedskonzert geben.

Sie hatten eins dieser lastwagengroßen Wohnmobile. Eine zweite Tochter, Nancy, stand in der Tür. Eine musizierende Familie. Walter spielte Kontrabass, Tish Geige, Mandoline und Akkordeon und Nancy akustische Gitarre und Autoharp. Die Reise war ein Geschenk seiner Töchter zu Walters fünfzigstem Geburtstag. Es war sein lebenslanger Traum gewesen, durchs Land zu ziehen und Musik zu machen, diesen Traum erfüllten sie ihm nun, nachdem ihre Mutter vor einiger Zeit gestorben war und er sich entschlossen hatte, seine Baustoffhandlung und das Haus zu verkaufen und mit dem Wohnwagen zu vagabundieren.

Sie sprachen die Songs durch, manche kannte Benno, andere spielten sie an und er merkte sich das Wesentliche. Countrymusic ist einfach und immer in Dur. So konnte er fast alles in offener Stimmung mitspielen, was er besonders liebte, weil es ihm kaskadenartige, fließende Figuren mit klingenden leeren Saiten ermöglichte. Sie waren schon beim Üben begeistert. Und sie waren ziemlich gut. Tishs

Geige und Gesang elektrisierten Benno, und wenn Nancy mitsang, bekam er hin und wieder Gänsehaut.

Ihr Publikum abends war dann allerdings ein deprimierender Anblick. Ein Haufen verreister Spießer mit Cowboyhüten und ein paar brave, deprimierte Asoziale aus dem hinteren Teil des Parks, die sich an einem Tisch beim Eingang zusammendrängten. Aber sie mochten die Songs, die die Band spielte, und Tish und Nancy waren hübsch genug, um auch den bräsigsten Rotnacken zum Träumen zu bringen. Und das Ganze machte Benno erstaunlich viel Spaß. Das war so anders als das Musizieren, das er bisher gewohnt gewesen war, es war eine Entdeckung. Eine Offenbarung. Bedarfsmusik. Das reine, nackte, pragmatische Handwerk. Niemand hier gäbe einen Pfifferling für Kunst, für höhere Werte, Subtilitäten, es ging darum, die Songs zu hören, zu denen man sein Mädchen abgeschleppt, auf dem Rücksitz genommen und später geheiratet hat, und dabei den beiden Kälbchen Tish und Nancy auf die Blusen zu glotzen. Walter war glücklich. Und Tish und Nancy waren angetan von Benno. An diesem Abend entdeckte er zum ersten Mal seine Fähigkeit, die Sänger zu pushen. Und sie spürten es. Als sie *Help Me Make It Through The Night* spielten – es war die dritte Zugabe –, sah Benno, wie Tish ihn aus den Augenwinkeln beobachtete, und wusste, sie würde noch mal an seine Tür klopfen.

Das tat sie gegen zwei Uhr morgens. Sie trug einen gelben Frotteebademantel, war barfuß und hatte eine offene Flasche Weißwein in der Hand. Sie huschte geräuschlos herein und bat ihn, das Licht auszulassen.

»Meine Schwester und ich haben gelost, wer zu dir geht«, sagte sie, als sie eine halbe Stunde später erschöpft auf seinem Bett lagen und die Flasche hin- und hergehen ließen.

»Warum hast du sie nicht mitgebracht?«, sagte er und fing sich eine Ohrfeige dafür ein. »Komm mit uns«, sagte sie fast gleichzeitig mit der Ohrfeige, »wir fahren noch den ganzen Sommer rum. Bis Nancy auf die Universität geht.«

»Gut«, sagte Benno, »dann seh ich was von Amerika.«

»Aber du lässt die Finger von Nancy.«

Er nahm noch einen Schluck. Der Wein war süß und lauwarm.

»Und mein Vater darf nichts von uns merken.«

—

Obwohl Daniel und Benno in dieser Stadt gewohnt, hin und wieder in der Zeitung gestanden und Konzerte gegeben haben, kennt ihn niemand mehr. Universitätsstädte haben eine starke Fluktuation – wer vor vierzehn Jahren hier den Anarchismus hochgehalten, die jeweils anderen linken Gruppen als Verräter bekämpft und sich als Systemüberwinder aufgespielt hat, zieht heute Zähne in Iserlohn, unterrichtet Immigrantenkinder in Lahr oder berät Regierungen in der dritten Welt. Nur die Versager bleiben. Und die Erben wie Daniel kommen irgendwann zurück.

Ein Gitarrist, der in drei Bands spielt, ein Songwriter, der sich mit Büroarbeiten über Wasser hält, und der Besitzer des Musikladens sind so etwa die Einzigen, die mit dem Namen »Tanner & Krantz« noch etwas anfangen könnten. Aber auch sie erkennen Benno nicht. Er hatte damals einen Vollbart und lange Haare, niemand, der ihn heute sieht, käme auf die Idee, ihn mit dem Neohippie von einst in

Zusammenhang zu bringen. Das ist ihm recht. Tanner & Krantz sind Geschichte. Benno nennt sich Ben, ohne Nachnamen, niemand fragt ihn danach, wozu auch, man weiß, wo man ihn findet, er ist der Mann vom La Storia.

Heute ist der Teufel los. Das schöne Wetter treibt auch die Stubenhocker und Hausfrauen raus, und Benno kommt nicht zum Nachdenken vor lauter Arbeit. Er mag diesen Zustand, weil seine Gäste ihn auch mögen. Aus irgendeinem Grund wollen sie lieber schlecht in einem überfüllten Lokal bedient werden, als gut in einem nur locker besetzten. Sie sind besser gelaunt, obwohl sie zu lange warten müssen, dann manchmal das Falsche kriegen und die Tische nicht so blitzblank sind wie sonst. Dasselbe Gedränge in der Eisenbahn würde sie wahnsinnig machen – im Lokal finden sie's gut.

Irgendwann am Nachmittag ist Christine kurz da, aber Benno ist so eingespannt, dass sie über ein paar Worte und ein Lächeln nicht hinauskommen. Er kriegt es nicht mal mit, als sie wieder geht.

Aber dann, später, kommt sie wieder mit einem Blumenstrauß, Tulpen und Narzissen in einer Vase, den sie ihm einfach auf die Theke stellt. Dann lächelt sie ihm zu, sagt: »Naturersatz«, und geht. Er freut sich den ganzen restlichen Nachmittag darüber. Souad beobachtet ihn versonnen, sicher überlegt sie, ob da was läuft mit dieser Frau, und Elsa schaut ein wenig verkniffen in ihre Zeitung.

»Danke«, sagt er abends nach dem Abschließen in die Sprechanlage und will in seine Wohnung gehen, was essen, Hemden bügeln und dann die Beine hochlegen, aber sie fragt, ob er kurz hochkommen könne.

Die Regale sind fast vollständig eingeräumt, es liegen

Teppiche, ein ähnlicher Blumenstrauß wie unten steht auf dem Couchtisch, und an einer Wand hängen schon Bilder. An den anderen lehnen sie noch auf dem Boden und warten auf ihre Nägel. Es ist sieht nahezu fertig und perfekt aus.

»Hast du die Nacht durchgearbeitet?«, fragt er.

»Fast«, sagt sie, »gefällt's dir?«

»Sehr.«

Sie geht in die Küche und kommt mit einer Flasche Sekt zurück. »Trinkst du ein Glas mit?«

»Saft oder Wasser.«

»Trinkst du nie?«

»Nein. Ich mag's nicht.« Das ist die einfachere und weniger ehrenrührige Erklärung, die er sich, seit er wieder hier ist, angewöhnt hat. Dass Christine ihn damals hin und wieder mit einem Wein- oder Whiskyglas in der Hand gesehen hat, bedenkt er nicht, und sie gibt nicht zu erkennen, ob sie sich daran erinnert und vielleicht fragt, warum er damals Alkohol getrunken hat, den er jetzt nicht mehr zu mögen vorgibt.

Er stellt sich ans Fenster und schaut über die Dächer, da bahnt sich ein opulenter Sonnenuntergang an, und er überlegt, was er als Nächstes sagen könnte. Wann kommt Daniel? Wirst du Berlin vermissen? Fühlst du dich hier schon wieder heimisch? Alles Quark. Er weiß nichts.

Sie tritt neben ihn und legt ihren Arm um seine Schulter. Es wird warm, da wo sie ihn berührt.

»Ich muss noch paar Sachen machen«, sagt er, und sie nimmt ihren Arm wieder weg. Er stellt das Glas ab und geht zur Tür. Sie kommt mit und küsst ihn auf den Mund. Ganz kurz. Seine Lippen sind warm, als er die Treppe hinuntergeht und seine Tür aufschließt. Sie sind warm, während er die Hemden bügelt, und sie sind noch immer warm, als er sich, viel später, schlafen legt.

–

Christine besuchte sie im Studio. Sie waren schon eine Woche zugange, hatten einen großen Teil des Materials bereits eingespielt, es fehlten noch zwei längere Stücke und die Overdubs einiger Gäste, die für die nächsten Tage eingeplant waren. Benno und Daniel hatten schon ihren Rhythmus komplett verdreht, schliefen bis zwei Uhr Nachmittags in der Gästewohnung oben, frühstückten bis vier und trudelten dann im Studio ein, wo sich Carlo, der das Faktotum spielte, Saiten aufzog, Stecker reparierte, Pizza holte und dem Tontechniker assistierte, schon »eingebracht« hatte, wie er das immer nannte. Sie mussten nur loslegen.

Als Christine ankam, waren sie mitten im ersten Take für ein Stück mit dem Titel *Zirkelschluss*, bei dem Benno eine Siebenviertelfigur über eine Vierviertelstruktur von Daniel spielte, bis sie einander trafen und von der gemeinsamen Eins weg in einen schwungvollen Walzer übergingen, aus dem Benno dann später wieder in die Siebenviertel fallen würde. Es lief gut. Es lief sogar noch besser, als sie auf einmal Christine hinter der Scheibe auftauchen sahen, so gut, dass sie gleich den ersten Take behielten. Das hatte es bisher noch nicht gegeben. Sie waren keine First-Take-Artisten. Sie waren Tüftler. Eher schnitten sie mehrere gute Passagen zusammen, als etwas Lauwarmes oder auch nur Braves zu behalten.

»Das hast du gut gemacht«, sagte Benno, als sie zu Christine in die Regie kamen.

»Was denn?«, fragte sie.

»Die Inspiration«, sagte er.

»Wie denn?«

»Ausstrahlung«, sagte Daniel.

Sie umarmten sich zur Begrüßung wie ein Ehepaar zu dritt. Carlo grinste breit und stellte sich vor. »Ach, du bist das«, sagte er mit vielsagendem Blick, sodass Christine sich vorkommen musste, als wäre die ganze Zeit über sie geredet worden. Es schien sie nicht zu stören, sie machte sogar den Eindruck, als gefalle es ihr.

Sie gingen direkt an die Overdubs, spielten auch die gemeinsam ein. Danicl legte Flageoletts auf markante Stellen, und Benno doppelte seinen Part hier und da mit einer speziell bespannten Gitarre – nur die Oktavsaiten einer Zwölfsaitigen, sodass es schien, als ginge er fließend von Sechssaitiger zu Zwölfsaitiger über. Es klang herrlich. Und sehr subtil. Und niemand würde es merken.

Nach einer Pause mit Kaffee, Zigaretten und albernem Geplänkel gingen sie an das letzte Stück, brauchten dafür allerdings drei Takes, was aber immer noch sehr wenig war für ihre Verhältnisse. Benno merkte, dass ihn Daniels Dominanzgebaren störte – es waren Kleinigkeiten. Einmal bestellte er einen anderen Kopfhörermix für Benno, anstatt ihm das selbst zu überlassen, ein andermal kriegte er seinen Einsatz nicht und schob die Schuld auf Benno – sein Auftakt war ihm zu träge. Kleinigkeiten. Unwichtige Kleinigkeiten, aber vor Christine wollte Benno nicht wie ein Mietmusiker dastehen. Es ärgerte ihn. Nein, es verletzte ihn.

Carlos Frau Sylvia hatte Pizza für alle geholt, die aßen sie lauwarm, und Christine begann zu gähnen. Es war kurz vor elf, und sie beschlossen, Schluss zu machen.

Über dem Studio gab es einen Gästetrakt mit drei Schlafzimmern, einem Aufenthaltsbereich und einer kleinen Küche. Dorthin verzogen sie sich, Benno und Daniel aufgekratzt und nervös, Carlo und Sylvia eilig und verliebt, und Christine schon fast schlafend.

Nachdem Benno ihr sein Bett frisch bezogen hatte, legte sie sich hin, und Daniel und Benno sahen sich noch ein Video an. *Chasing Amy*, eine Dreiecksgeschichte zwischen einer lesbischen Frau und zwei Comiczeichnern. Eigentlich hatten sie *The Kids Are Alright* von den Who ansehen wollen, aber das wäre zu laut gewesen. Das hoben sie sich auf, bis Christine entweder mitschauen würde oder abgereist wäre.

Benno schlief in Daniels Doppelbett.

»Sie ist nett«, sagte der vor dem Einschlafen, »hat gute Energie.«

»Wir sollten sie zum Urlaub einladen«, sagte Benno, »sie hat so wahnsinnig viel geholfen beim Umzug. Wir könnten uns bedanken.«

»Guter Plan.« Daniel klang schläfrig. Kurz danach schnarchte er leise vor sich hin. Benno konnte nicht einschlafen. Der Gedanke an einen Urlaub mit Christine hielt ihn wach.

—

Als er aufgab und sich etwas zu trinken holen wollte, saß sie im Aufenthaltsbereich auf dem Sofa. Sie rauchte und starrte vor sich hin. Benno stoppte in der Tür und ging zurück, um seine Hose anzuziehen – in der Unterhose wollte er ihr nicht gegenübertreten. Sie sah verlegen, irritiert, oder beschämt drein, er wusste nicht genau, wie er ihren Blick interpretieren sollte.

»Was ist los?«, fragte er.

»Ich hab so grausig geträumt, dass ich Angst habe, wieder einzuschlafen. Sogar Angst, in das Zimmer zurückzugehen.« Sie war tatsächlich verlegen. Eine so kindliche Anwandlung gestehen zu müssen, schien ihr nicht zu behagen.

»Dann schlaf bei uns«, sagte Benno, »das Bett ist riesig.«

Auf die Idee, sich selbst in ihr Bett zu legen und sie alleine mit mehr Platz bei Daniel schlafen zu lassen, kam er nicht. Sie holte ihre Decke aus dem Zimmer, sie wollte zwischen ihm und Daniel liegen. »Da bin ich von beiden Seiten beschützt«, sagte sie.

Benno fand das rührend und vertrauensvoll, drehte ihr den Rücken zu und hoffte, dass Daniels kleine Schnarcher sie beruhigen und nicht stören würden. Das schien zu funktionieren – irgendwann atmete sie ruhig und gleichmäßig. Aber er lag noch lange wach. In seinem Kopf dudelte die Siebenviertelfigur, und an seiner Haut spürte er die kitzlige Nähe zu Christines schlafendem Körper.

Er lernte einiges über Amerika und noch mehr über Countrymusic in den Wochen, die er mit der Summers-Family tourte, so nannte sich die Band auf den selbst geschriebenen Aushängen, mit denen sie ihre abendlichen Gigs in Cafés, Bars und Restaurants ankündigten.

Es war das ländliche weiße Amerika, das er so entdeckte, nahezu jedermann schien absurd stolz darauf, Amerikaner zu sein, und bemüht, seinen Patriotismus bei jeder Gelegenheit hinauszutrompeten. Das war manchmal wie ein Wettbewerb, wer sein Land am meisten liebt und wer am stolzesten auf sich selbst, das Nest, in dem er lebt, den Traktor, den er fährt, die Acres, die er bewirtschaftet, und den Himmel über dem Ganzen ist. Benno fand sich tief im Bauch der Spießerwelt und wäre abgestoßen gewesen, wenn sie nur solche Sachen wie *I'm Proud To Be An Okie From Muskogee* oder ähnlichen Redneckbedarf gespielt hätten. Aber sie hatten auch Songs wie *Me And Bobby McGee* oder *Carmelita* im Repertoire, und die wurden seltsamerweise von den Stetsonträgern nicht abgelehnt, sondern mitgesungen. Anscheinend war Country jenseits aller Kommerz- und Plastik-Maskeraden noch immer lebendige Folklore. Zumindest auf dem Land. Und diese Musik brauchte Könner. Man konnte zwar auch mies spielen und damit durchkommen wie bei jeder Volksmusik, aber es schien bemerkt und geachtet zu werden, wenn man gut war. Manchmal hatten sie Gäste, die sich spontan mit ihrer Mandoline oder Geige oder sonst einem Instrument dazugesellten, und bei einigen erlebte Benno sein blaues Wunder. Er staunte nicht nur darüber, wie gut sie spielten, sondern auch, dass das Publikum dies oft registrierte und belohnte. Später in Nashville war das nicht mehr so, die

Leute dort reagierten auf anderes: das Aussehen der Sänger, die Bekanntheit des Songs, vielleicht sogar den Ruhm der Stadt, aber hier auf dem Land war jeder zweite ein Experte. Hier wurde die Bauernmusik nicht nur von Bauern geschätzt, sondern manchmal auch noch von ihnen gemacht.

Nicht nur das erstaunte Benno, es war auch die Entdeckung, dass er diese bisher verachtete Musik zu mögen begann, weil sie ihre eigene Tradition als Kern behielt, sich zumindest teilweise der Pop-Klangwelt entzog und sich trotzdem der Moderne stellte, denn die Texte erzählten vom jetzigen Leben jetziger Leute, nicht vom Viehtrieb in Texas, den Straßen von Laredo oder dem großen Oklahoma-Land-Rush.

—

Die Reiserei war gleichzeitig erhebend und öde. Benno fuhr seinen Camper hinter Walters her, manchmal mit Tish neben sich, manchmal allein, über kurvenlose Straßen, vorbei an Ortschaften, die als Wahrzeichen einen Wasserturm, eine alte Scheune oder auch mal einen schmalen Kirchturm hatten. Das Essen war oft fett, süß und ohne Biss, der Kaffee eine grauschwarze Brühe, mit der man Schränke hätte ablaugen können, und die Leute benahmen sich fröhlich und freundlich, aber immer eine Spur zu nett, als gäbe es irgendwo eine Kamera und am Jahresende Punkte für Betragen. Benno fühlte sich beschwindelt von dieser allgegenwärtigen Freundlichkeit. Und er merkte, dass er den Anblick des allgegenwärtigen Kitsches nicht vertrug. In den Restaurants und Läden, auf den Werbeschildern, an den Wänden, überall war eine ins groteske überzogene Fratze der Fröhlichkeit abgebildet, ob als Tier, als Mensch, als Ding, Wurst, Auto oder Kaktus, alles grimassierte grell und laut und schrie ihn an, er solle es lieben.

Aber das war nur so in den Städten und Siedlungen. Die Landschaft war leer und weit und ohne Comicfiguren. Er erholte sich auf den Fahrten vom jeweils letzten Aufenthalt.

Für ihn hätte dieses Leben ewig so weitergehen können. Er fühlte sich anonym, befreit von seiner Verantwortung für sich, für die Musik, für Daniel oder sonst irgendwas, hatte jeden Tag ein Ziel vor sich, das nächste entlegene Nest, in dem Walter irgendeinen Kneipier bitten würde, ohne Gage spielen zu dürfen, hatte nächtens die Aussicht auf zwar verstohlenen, aber von Tishs verspielter Schamlosigkeit befeuerten Sex, er lernte was dazu und machte Musik, die ihm hin und wieder richtig gut gefiel. Aber Nancys Studienanfang rückte näher, und Walters Blicke schienen Benno immer eindringlicher und zweifelnder zu werden. Ahnte er was? Kannte er seine Tochter so gut, dass er nur zwei und zwei zusammenzählen musste? Oder war Nancy das Liebesglück ihrer Schwester auf die Nerven gegangen und sie hatte ihrem Vater einen Floh ins Ohr gesetzt? Benno ließ es nicht drauf ankommen. In Casper, Wyoming, legte er ein aufblasbares Plastikherz auf die Schwelle ihres Wohnmobils, als Walter und die Mädchen mit dem Taxi in ein nahe gelegenes Outlet-Center gefahren waren, startete den Wagen und fuhr nach Süden.

—

Daniel schnarchte noch, als Benno am nächsten Morgen aufwachte, aber Christine lag nicht mehr neben ihm. Er hörte sie im Aufenthaltsraum rumoren und drehte sich auf die andere Seite, um noch ein paar Minuten weiterzuschlafen. Aber dazu kam er nicht, denn kurz darauf stand sie da, mit drei Tassen Tee auf einem kleinen Tablett, geduscht, mit nassen Haaren, angezogen und lächelnd. »Guten Morgen«, sagte sie.

»Willst du uns heiraten?«, sagte Daniel und griff nach einer der Tassen.

»Geht das denn?« Sie nahm einen Schluck.

»Oder wir adoptieren dich«, schlug Benno vor, »oder du uns.«

Sie setzte sich auf die Bettkante und sah die beiden an. »Einverstanden.« Sie lächelte.

»Machst du mit uns Urlaub? Wir laden dich ein«, sagte Benno, und sie versprach, sich freizunehmen, wenn man sie gehen ließe, als Daniel und Benno erklärt hatten, dass sie übernächste Woche einfach losfahren wollten, nach Frankreich, ans Meer, in die Bretagne und dann vielleicht nach Süden, nach Spanien, zumindest ein Stück weit die Atlantikküste abwärts.

Sie frühstückten noch zusammen, dann rief Benno ein Taxi für Christine, denn sie musste zurück zur Arbeit. Sie hatte Spätschicht und durfte den Zug nicht verpassen.

—

Souad und Valerio giften sich an, sie knallt das Tablett lauter als sonst auf die Theke, er schaut geflissentlich weg, wenn sie mit ihm spricht, das kann Benno nicht gebrauchen. Was soll das? Die beiden haben sich noch nie gestritten. Sie sind Profis.

Eine Zeit lang schaut er sich das alberne Treiben an, dann nimmt er Souads und Valerios Hände, küsst beide in die Innenflächen und legt sie ineinander. »Ruhe jetzt«, sagt er, und sie starren ihn nach dieser kleinen Aufführung so entgeistert an, dass er lachen muss. Valerio ringt sich ein Grinsen ab, Souad schüttelt den Kopf und wischt die Theke.

Später, als Christine kommt und fragt, ob er sie begleiten wolle, ein paar Einkäufe in der Stadt machen, sich umsehen, wieder heimisch werden, da ist so wenig los, dass er das Café getrost den beiden überlassen kann. Zumal seine kleine Versöhnungsfeier funktioniert hat.

Es ist warm, und sie trödeln wie ein Ehepaar durch die Altstadt. Christine schaut in jedes dritte Schaufenster, egal ob darin Weinflaschen, Kleider, Schuhe, Schrauben oder Ledersachen sind, es ist, als wolle sie einen tiefen Zug Stadt und Läden und Warenangebot zu sich nehmen, um die Orientierung wiederzubekommen.

Es ist Juli und die Stadt voller bummelnder, entspannter Passanten – es fühlt sich fast wie ein Samstag in Italien an –, jedermann ist draußen. In solchen Momenten erkennt Benno, dass er im Frieden lebt, an einem privilegierten Ort in einer privilegierten Zeit, die Not war früher oder ist anderswo, Hunger, Angst und Gewalt sind hier nur Nachrichtenbilder in verwackelter Handkameraästhetik, die man jederzeit mit der Fernbedienung loswerden kann.

»Was denkst du jetzt gerade?«, fragt Christine.

»Dass wir Glück haben.«

»Ja. Ich auch.«

Sie kauft Obst am Stand eines Türken, Benno trägt ihr die Tüte, später kommen noch Käse und ein Brot dazu. Sie probiert Schuhe, kauft sie nicht, probiert ein Top, kauft es nicht, probiert einen Rock, kauft ihn, nachdem ihn Benno gelobt hat, will in eine Buchhandlung gehen, aber er wird langsam unruhig und verabschiedet sich, um im La Storia nach dem Rechten zu sehen. Er will zurück in seine Höhle. Hier draußen ist zu viel Sonne, Bewegung, Durcheinander, er verträgt das nicht mehr in höherer Dosis.

—

Sie packten ihre Reisetaschen und Gitarren in Bennos Mercedes und holten Christine ab. Im Kofferraum war noch Platz für ihren Rucksack. Benno hatte den Wagen einem Zigeuner abgekauft, er war riesig, hatte Ledersitze und Klimaanlage, war grässlich golden lackiert, ein richtig fettes Protzmobil mit pfundweise Chrom an der Außenhaut.

Sie fuhren durch den Schwarzwald über Straßburg nach Nancy, wo sie sich eigentlich schon ein Hotel suchen wollten, aber sie waren so in Schwung, dass sie nach einem Spaziergang durch die Stadt wieder einstiegen und bis Troyes weiterfuhren. Christine saß auf dem Beifahrersitz, Daniel am Steuer, und Benno fläzte sich in den Rücksitz und döste, wenn es gerade nichts zu reden gab. Das war die meiste Zeit der Fall.

»Seid ihr immer so schweigsam«, fragte Christine einmal, »oder nur wegen mir?«

»Wenn ich bekifft bin, rede ich ununterbrochen«, sagte Daniel.

»Aber das ist jetzt unmodern«, sagte Benno.

»Erzähl was von dir«, schlug Daniel vor, und Christine begann von ihrer Schwester, ihrer Mutter, ihrem gestorbenen Vater, der Förster gewesen war, zu reden, von ihren Plänen, Psychologie zu studieren, von einer bewunderten Kunstlehrerin und einem Freund, den sie verlassen hatte, als ihr klar geworden war, dass er das große Ziel verfolgte, einen Porsche zu fahren. »Der tut sein Leben lang nichts für andere«, sagte sie, »alles nur für sich. Macht eine Banklehre, damit er Geld aus Geld machen kann. Ich will meine Zeit nicht mit solchen Leuten vertun.«

Eine Weile war Stille. Benno hatte sich in die Mitte gesetzt und den Kopf zwischen die beiden nach vorn gestreckt, jetzt wollte er sich gerade wieder zurückfallen lassen, da sagte sie: »Jetzt Benno.«

»Ich weiß nicht«, sagte er, »hab eigentlich keine Lust.«

»Aber ich«, sagte Christine, »wenn du nicht von selber erzählst, dann frag ich dich eben aus.«

»Frag mich aus.«

»Leben deine Eltern?«

»Ja.«

»Wo?«

»Meine Mutter auf Mallorca, mein Vater in Südafrika. Sie sind geschieden.«

»Hast du Geschwister?«

»Nein. Einzelkind.«

»Wann haben sie sich scheiden lassen?«

»Vor neun Jahren. Meine Mutter hatte einen Freund. Der spielte dauernd Platten von Hannes Wader und Leo Kottke und Werner Lämmerhirt. Von ihm hab ich Gitarrespielen gelernt. Er zog bei uns ein, als mein Vater ging.

Und als ich mit der Schule fertig war, sind sie nach Mallorca gezogen. Er hat dort eine Firma, die Haushaltsgeräte vertreibt.«

»Und dein Vater, was macht der?«

»Bauingenieur.«

»Hast du Kontakt?«

»Zu meinem Vater nicht, zu meiner Mutter ein-, zweimal im Jahr.«

Er ließ sich noch ein paar Würmer aus der Nase ziehen, aber bald gab sie auf. Seine Antworten waren zu einsilbig. Auch Daniel erwies sich als Stockfisch, was seine Vergangenheit betraf, gab grade mal zu, dass ihm seine Mutter mit ihrer ewigen Fürsorglichkeit und Erwartungshaltung auf die Nerven gehe, mehr nicht, das war schon seine ganze Selbstreflexion, und das Gespräch wurde erst wieder lebendig, als Christine wissen wollte, wie sie zusammengekommen waren. Da konnten sie endlich über Musik reden.

—

Es regnete, als sie in Troyes einfuhren und vor dem ersten Hotel am Stadtrand anhielten. Und im Augenblick des Aussteigens, synchron zum Öffnen der Wagentüren, verwandelte sich der bis eben noch moderate Regen in einen Wolkenbruch, und sie standen zehn Sekunden später alle drei durchnässt und lachend an der Theke, wo eine Madame mit blauen Haaren sie zuerst misstrauisch, aber dann, nach einem kurzen Blick auf Christine, zusehends freundlicher behandelte.

»Wie sollen wir's machen«, sagte Daniel, »drei Einzel oder nehmen wir beide ein Doppel und Chris…« Weiter kam er nicht, denn Christine wandte sich resolut zur Madame und verlangte »Une chambre avec un très grand lit, s'il vous plait.«

Daniel und Benno sahen jeder in eine andere Richtung, als Christine sich ihnen zuwandte und fragte: »Oder? Ist doch okay?«

»Klar«, sagte Daniel, und »sicher«, sagte Benno, und die Madame lächelte in sich hinein – das gefiel ihr. So hätte sie das früher vielleicht auch gern mal gemacht.

Noch nasser konnten sie nicht mehr werden, also schlenderten sie, um das Gepäck aus dem Wagen zu holen, lässig durch den immer noch anhaltenden Wasserfallregen, bestrebt, einander zu zeigen, dass ihnen das bisschen Wasser nichts ausmachte. Auf der Treppe hinterließen sie eine Tropfspur, und im Zimmer befahl Christine: »Alle nassen Sachen ausziehen.«

Daniel und Benno wickelten sich in die dünne Zudecke und ließen ihr den Vortritt ins Bad. Sie rauchten eine Zigarette zusammen und sahen sich das wilde Wetter durchs Fenster an, während die Dusche nebenan dazu rauschte. »Hoffentlich ist sie nicht sauer, wenn wir das Zimmer vollqualmen«, sagte Daniel, aber Benno beruhigte ihn mit der Erklärung, das gehöre so, das sei französisch. Und sie könnten ja immer noch lüften. Darüber, ob das alles hier, diese Truffaut-Film-Szene, auf Sex rauslaufen sollte, ob sie das dann zulassen oder abbiegen würden, sich davor fürchten oder darauf freuen, darüber verloren sie kein Wort.

Als Daniel unter die Dusche ging, wickelte sich Christine neben Benno in die Decke und lehnte den Rücken ans geschmiedete Kopfteil des Bettes. »Entschuldige, dass wir einfach geraucht haben«, sagte er, »ohne dich zu fragen.«

»Stört mich nicht«, sagte sie.

Er hörte ihren Magen knurren. Sie klopfte mit der flachen Hand drauf und sagte »Warte. Gibt ja bald was.«

Er beeilte sich mit dem Duschen, als er an der Reihe war, und sie gingen los, zu Fuß, weil der Regen sich verzogen hatte. Es war schon dunkel, aber nicht sehr kühl. Die Madame lächelte Christine zu, als sie an ihr vorbeigingen und wünschte »une bonne soirée«.

»Die findet mich gut«, sagte Christine und hakte sich bei beiden unter, »sie glaubt, ich vernasche euch.«

Benno und Daniel schwiegen.

»Glaubt ihr das etwa auch?«

Sie schwiegen.

»Ich glaube, das trau ich mich nicht«, sagte sie dann, nachdem sie eine ziemliche Strecke schweigend gegangen waren und jeder für sich den letzten verklungenen Worten hinterhergelauscht hatte, »die Madame hält mich für mutiger, als ich bin.«

Sie schwiegen.

Und wieder eine Strecke später sagte sie mit noch zaghafterer Stimme als zuvor: »Würdet ihr das denn wollen?«

Sie schwiegen. Aber dann sah Benno Daniel grinsen und musste selber lachen: »Das wissen wir nicht.«

Und Daniel: »Muss nicht heut erforscht werden.«

»Uff«, sagte sie und klemmte für einen Moment Daniels und Bennos Arme noch fester ein, »ich find's toll mit euch.«

—

Irgendwann in der Nacht spürte Benno ihre Hand auf seinem Hintern. Die Berührung strahlte aus, sein ganzer Körper war erfasst davon. Er wagte nicht, sich zu bewegen, wusste nicht, ob das, was er da fühlte, mehr Genuss oder mehr Not war, eine Erregung, die nirgendwohin konnte, war es jedenfalls, ein Druck ohne Ventil. Sicher schlief sie. Er konnte aus diesem zufälligen Körperkontakt nicht auf ein Angebot schließen, und er konnte schon gar nicht einfach so nach ihr greifen, sie verführen, mit ihr schlafen, wenn Daniel danebenlag und vielleicht davon wach würde. Benno versuchte, sich zu entspannen, tief zu atmen, sich fließende Musik vorzustellen, aber er musste wohl verkrampft eingeschlafen sein, denn als er später wieder aufwachte, tat ihm die Schulter weh, und seine Hände waren zu Fäusten geballt. Das konnte aber auch von dem Traum kommen, in dem er Christine geschlagen hatte, weil sie nicht aufhören wollte, ihn zu verhöhnen.

—

Sie inszenierte sich in den nächsten Tagen immer offener als die Frau mit den zwei Geliebten. Wenn sie Schlösser besichtigten, durch Städte spazierten, wenn Christine irgendetwas kaufte, immer wandte sie sich an beide, fasste sie an, hakte sich unter und genoss das Spiel, genoss sich selbst im Spiegel fremder Augen, fremden Erstaunens und fremder Bewunderung. Benno und Daniel spielten mit, ohne sich darüber zu verständigen. Es war so, wie es war. Es gefiel ihnen.

Sobald sie nur zu dritt waren, im Hotelzimmer, auf Spaziergängen oder am Strand, wenn niemand hersah, hielt Christine sich zurück. Sie flirtete nicht, lockte nicht mit einem Stückchen Nacktheit oder Nähe zu viel, das Zusammenleben war geschwisterlich und ohne Koketterie, und wenn sie Daniel oder Benno berührte oder wenn sie zu dritt schliefen, fühlte sich das bald normal und richtig an. Und einfach. Benno verkrampfte sich nicht mehr.

—

Damals wusste er es noch nicht, erst später wurde ihm klar, dass er diese ganze Zeit über darauf hoffte, mit ihr allein zu sein, von ihr ermutigt zu werden, mit ihr in die Büsche oder ins Bett oder wohin auch immer zu fallen – er war von dieser Hoffnung besessen, ohne das zu erkennen. Aber immer dann, wenn sie tatsächlich mal zu zweit waren, schien die Verbindung abgebrochen. Ob das an ihm lag, an seiner Schüchternheit, oder an ihr, die sich nicht zu weit mit ihm einlassen wollte, wusste er nicht. Was er wusste, war, dass er sich hochgestimmt, euphorisiert, beflügelt fühlte, alles schien ihm hell und optimistisch, Christines Anblick im Bikini drückte ihm aufs Sonnengeflecht, ihren Duft nachts im Bett neben sich atmete er tief ein und glaubte, er aktiviere dieselben Synapsen wie das Gras, das sie nicht mehr rauchten. Christines unkomplizierte Art, einfach das zu genießen, was gerade anlag, sich dem Augenblick zu überlassen, was auch immer er gerade bot oder verlangte, schenkte ihnen, neben aller erotischen Anspannung, die Benno nie ganz loswurde, eine Art Frieden, eine Gelassenheit und Ruhe, die ihnen gefehlt hatte, nach der sie gesucht hatten, die sie sogar in ihrer Musik hin und wieder erahnt und beschworen, aber im wirklichen Leben nicht gekannt hatten. Sie tat ihnen gut. Tanner & Krantz hatten eine Muse.

–

In La Baule, einem großen mondänen Badeort, leisteten sie sich eine Suite für ein paar Tage. Das Hotel war ein riesiger Palast direkt am Strand, die Nachsaison-Melancholie passte perfekt zu diesem Ort. Der Schimmer des Messings, der früher ein Glanz gewesen war, das verschlissene, aber noch immer gepflegte Leder, der von den Jahren rau gewordene Marmor, die Patina überall, das gediegene Benehmen der Angestellten und die pompösen Deckenmalereien machten alle drei benommen vor Entzücken.

Sie hatten nur einen Blick in die Halle werfen wollen, weil der Bau von außen so beeindruckend war, aber dann standen sie wie angenagelt und konnten die Augen nicht von all der Pracht abwenden. »So müsste man leben«, seufzte Christine.

»Tun wir doch«, sagte Daniel, gab sich einen Ruck und marschierte los zur Rezeption. Als Benno und Christine bei ihm ankamen, unterschrieb er schon den Meldezettel.

Daniel und Benno gaben sich routiniert und genossen Christines Entzücken, als sie das Bad, den Balkon und die beiden Zimmer inspizierte. Sie waren auf ihren Auslandstourneen immer mal wieder in teuren Hotels untergebracht worden und fühlten sich nicht eingeschüchtert, aber so schön, so prächtig, so sinnlich überladen hatten sie noch nie gewohnt.

»Ihr müsstet weiße Anzüge tragen«, sagte Christine, als

sie auf den Balkon zwischen Daniel und Benno trat und auf den Strand hinabsah.

»Und Strohhüte«, ergänzte Benno, »und du ein weißes Kleid mit Hut. Und Pudel.«

»Dann kaufen wir das halt jetzt«, sagte Daniel.

»Keinen Pudel«, verlangte Benno.

—

Sie kaufte dann nur einen Schlafanzug und Daniel ein helles Jackett. Benno fand nichts, was er hätte haben wollen, und stand nur geduldig dabei, als die beiden sich durch die Offerten eines Kaufhauses, zweier Boutiquen und eines kleinen Flohmarktes probierten – er hätte die Zeit lieber in einem Platten- oder Gitarrenladen zugebracht.

Abends beim Essen schlug Daniel plötzlich vor, Christine solle bei ihnen wohnen. Sie brauchten kein Wohnzimmer, wenn sie Lust habe, solle sie einziehen. Sie wurde nachdenklich, sagte zuerst gar nichts, dann, leiser als sonst und irgendwie zögerlich: »Glaubt ihr, ich tu euch gut?«

»Ja«, sagte Benno, obwohl er mit Ärger zu kämpfen hatte. Daniel hatte das vorgeschlagen, ohne zu fragen. War er sich so sicher, dass Benno das wollte, oder war es ihm egal? War er so selbstherrlich, dass er glaubte, über Bennos Leben bestimmen zu dürfen?

»Ich würde gern«, sagte sie dann, immer noch so leise und vorsichtig, als müsse sie die Worte erst ausprobieren, bevor sie sich entschied, sie wirklich gültig auszusprechen.

»Wenn du immer die Spülmaschine ausräumst, musst du auch keine Miete bezahlen«, sagte Daniel. Das sollte zwar ein Witz sein, aber es kam schief daher. Sie runzelte die

Stirn einen Moment und antwortete dann sehr bestimmt und abschließend: »Ich zahl Miete *und* räum die Spülmaschine aus.«

»Ich helf dir«, sagte Benno, um die auf einmal angespannte Stimmung wieder zu lockern, aber so ganz gelang ihm das nicht, denn jetzt war Daniel sauer, dass man ihn missverstanden hatte, und stierte vor sich hin. Irgendwann fing er sich dann wieder und sagte: »Und *ich* räum sie ein.«

–

Im La Storia ist nicht viel los, kein Klo verstopft, kein Stromausfall, kein Notarztwagen vor der Tür – Benno hat noch immer ein schlechtes Gewissen, wenn er das Café eine Zeit lang allein lässt. Dabei ist nie was passiert. Aber anstatt sich auf diese Erfahrung zu stützen, nimmt er sie, wie alle Pessimisten, als empirischen Wert, der seine Ängste nicht etwa widerlegt, sondern vielmehr beglaubigt: Je länger nichts passiert *ist*, umso wahrscheinlicher *wird* etwas passieren. Er weiß, dass das dumm ist, und kann es nicht ändern.

Es ist auch dumm, sich den Kopf über Christine zu zerbrechen, darüber, ob sie mit Daniel zufrieden ist, ihn vielleicht betrügen würde, ob Benno derjenige wäre, den sie dafür in Betracht zöge, ob ihr Kuss auf seinen Mund am Abend zuvor ein Zeichen dafür war oder einfach nur Zuneigung, Freundlichkeit, Freundschaft, ein selbstverständlicher Ausdruck ihrer altvertrauten Herzlichkeit, derselben wie damals. Vor vierzehn Jahren konnte er nicht damit leben, aber jetzt kann er das. Christine ist nicht die große Liebe. Sie ist nur Daniels Frau.

Florian Münter lehnt an der Theke, starrt vor sich hin und hat die Hände um seine Tasse gelegt, als müsse er sich daran wärmen. Wie immer liegt ein adressierter und frankierter großer Umschlag neben ihm – Münter ist Schriftsteller und hat sich das Ritual angewöhnt, vor dem Absenden eines Manuskripts ins La Storia zu kommen, einen Cappuccino und einen Grappa zu trinken und Benno nebenbei ein Ohr abzukauen. Er ist Bennos Zutraulicher.

Jeder von ihnen hat einen oder mehrere Zutrauliche. Valerio zum Beispiel muss immer einen Boutiquenbesitzer ertragen, der so stolz auf sein Italienisch ist, dass er vor keinem Thema haltmacht, Fußballergebnisse, Urlaubserlebnisse, die römische Politik, was auch immer aus ihm herausblubbert, es blubbert auf Italienisch, und Valerio ist der Adressat. Souad hat natürlich einige, aber sie geht lässig damit um, ungestört in ihrem Arbeitsablauf und souverän mit immer gerade so viel Aufmerksamkeit, dass der Zutrauliche sich nicht ignoriert fühlt. Von ihr könnte man was lernen. Aber Benno steht fast immer an der großen De-Longhi-Maschine, er kann nicht hin und wieder unterbrechen, um jemanden zu bedienen oder einen Tisch abzuräumen, dieses Privileg genießen nur Valerio und Souad.

Münter ist manchmal anstrengend, aber zum Glück nie langweilig. Insofern hat es Valerio mit seinem Zutraulichen schlimmer getroffen, denn Werner, der Boutiquer, den Valerio an der Backe hat, ist ein dröger Wiederkäuer.

»Neues Buch?«, fragt Benno mit einem Blick und Fingerzeig auf den Umschlag.

»Bloß ein Anthologiebeitrag, dreißig Seiten«, sagt Münter, »keine Chance auf Geld, Ruhm und Leserliebe.«

»Warum machst du es dann?«

»Weil das bisschen Geld besser ist als keins.«

»Und worum geht's?«

»Männer und Frauen.«

»Eine Liebesgeschichte?«

Münter lacht: »Aus dem Alter bin ich raus. Das Gegenteil. Nachrichten aus dem Krieg, Verluste, Scharmützel, Schlachtfelder, so was eher.«

Münters Frauenbild hat ernstlich gelitten, seit er von Elsa, der Bankerin, geschieden ist. Das Drama war vor der Eröffnung vom La Storia über die Bühne gegangen, Benno kennt Münter nur als den Geschlechterkriegsveteranen, der er sicher nicht immer war. Er kommt nur zu Zeiten, in denen Elsa arbeiten muss – die beiden waren noch nie gleichzeitig hier.

»Ist dir schon mal aufgefallen, dass das Wort ›Männermacht‹ etwas Negatives bezeichnet und das Wort ›Frauenpower‹ was Positives?«, fragt er jetzt, während er Benno seine Tasse hinstreckt, was als Bestellung eines weiteren Cappuccinos verstanden werden soll.

»Nein«, sagt Benno, »erst jetzt, wo du's sagst.«

»Und dass alle Frauen Pornografie verachten, aber alle Pornos mit Frauen besetzt sind?«

»Außer den schwulen.«

»Das ist ein Nebenmarkt.«

»Und woher weißt du, was alle Frauen denken? Du hast nur ein paar gefragt, oder?«

»Gute Antwort. Geht aber am Thema vorbei.«

»Wenn du meinst.«

»Und dass wir andauernd was von Bürgerinnen, Wählerinnen, Ärztinnen, Politikerinnen, Managerinnen und so weiter hören, jede Berufsgruppe, überhaupt jede Gruppe, muss unbedingt ihren weiblichen Anteil extra herausgestellt kriegen, aber wenn man mal hinterherhorcht, dann fällt einem auf, dass es nur bei den positiv besetzten Bezeichnungen so ist. Von Verbrecherinnen hast du noch nie was gehört, oder? Nicht mal Raucherinnen stehen irgendwo auf dem Zettel.«

»Stimmt«, sagt Benno.

»Oder Gewalttäterinnen. Gibt's nicht. Es gibt nur Opferinnen.«

Der Cappuccino ist fertig. »Hier«, sagt Benno, »dein Heißgetränk.«

»Danke«, sagt Münter und schaut sich um, als suche er nach einem anderen Gesprächspartner, aber das tut er nicht. Er redet hier mit niemandem außer Benno.

Seit er wieder hier ist, hat Benno eine Melodie im Kopf, einen Walzer, der gemächlich schwingt, mit ansteigenden und wieder abfallenden Terzen, eine wehmütige Musik, die gut zu einer Filmszene vom Anfang des zwanzigsten Jahrhunderts passen würde: eine Hochzeit auf dem Lande, ein Sommerabendidyll, ein melancholisches Picknick vor dem Abschied in den Krieg. Er kennt die Melodie nicht, sie muss ihm selbst eingefallen sein. Wenn er jetzt die Jungs von der Carson Lounge um sich hätte, dann wäre das ein schönes Stück Musik.

Was immer Münter in der letzten Minute gesagt haben mag, Benno hat kein Wort davon verstanden. Er hat im Kopf musiziert. Seit Jahren zum ersten Mal wieder.

—

Durch die Tour mit der Summers-Family hatte Benno sich nicht nur ein Repertoire angeeignet, sondern auch Übung in der Disziplin bekommen, die bei Country für Gitarristen die wichtigste ist, nämlich sich unaufdringlich einzufügen und die Fühler auszustrecken nach jedem Instrument, eine Art Netz zu spinnen und aufrechtzuerhalten, das jeden der Mitspieler einbezieht und alles mit allem verbindet. In gewisser Weise hatte er das schon mit Daniel so gehalten, aber sie waren nur zu zweit gewesen, im Quartett oder in größeren Besetzungen ist diese Aufgabe anspruchsvoller, aber, wenn man sie meistert, auch befriedigender.

Schon in Denver sah er sich gezielt in den Musikläden nach Aushängen um, auf denen Musiker gesucht wurden, und in El Paso stieg er in eine professionelle Tourband ein, die zwar nicht glänzend verdiente – zu sechst mit Mixer reichen auch bessere Gagen nicht für große Sprünge, aber er war nicht aufs Geld angewiesen, sondern spielte aus Begeisterung. Begeisterung für diese lässige Art des Musizierens, aber auch für die Tatsache, dass er sich nicht mehr wie ein Tourist vorkam, sondern wie ein Mensch. Ein Musiker. Der nirgends lange bleibt, hier und da eine alleingelassene Ehefrau abkriegt, die immer gleichen Witze mit den Kumpels macht und in einer Wolke aus Abgas, Staub und Alkohol über dem Boden schwebt, den er immer nur für einen Abend berühren muss. Der amerikanische Traum für Musiker.

Je länger die Touren waren, desto zügiger leerte er die Gläser und winkte die nächsten vom Barkeeper herbei. Das brauchte er. Zur Horizonterweichung.

Eines Abends in Albuquerque griff ein schnurrbärtiger

alter Mann mit glasblauen Augen und verwischten Gesichtszügen an Benno vorbei nach dessen Drink, nahm ihn, setzte an und leerte ihn mit einem Zug.

»Cheers«, sagte Benno, der keine Lust auf den Streit hatte, den der Alte offenbar provozieren wollte.

»Auf dich«, sagte der, wischte sich die Lippen und streckte Benno die Hand hin. »Ich bin Helmut, und der nächste geht auf mich.« Er winkte dem Barkeeper und hob zwei Finger.

Benno hatte keine Zeit, sich zu wundern, dass er einen Deutschen hier traf, denn jetzt hustete der Alte, das schien ihn an etwas zu erinnern, und er zog eine Schachtel Zigaretten hervor, hielt sie Benno hin, zündete sich selbst eine an und erklärte, er habe mal genauso gut gespielt wie Benno, bevor die Gicht seine Finger lahmgelegt hätte, und mache ihm deshalb ein Angebot: Für den Preis eines Erster-Klasse-Tickets nach Frankfurt wolle er ihm eine 59er Strat verkaufen, die er selbst von Robbie Robertson habe und nur an einen weitergeben wolle, der es wert sei.

»Ich muss die vorher spielen«, sagte Benno.

»Kannst du«, sagte Helmut und trank sein Glas leer. »Komm mit.«

Der Dodge Pick-up, den sie bestiegen, war ebenso filmreif wie der Trailerpark, an dessen äußerstem Rand Helmut einen aufgebockten Wohnwagen aufschloss. Allerdings nur, wenn man an Filme von Wenders oder Jarmusch dachte, Hollywood hat für diese Sorte bewohnbaren Müll kein Auge. Auf der Fahrt trank Helmut aus einer Flasche, die in einer braunen Tüte verborgen war, und Benno dachte, ich Idiot fahre meinem letzten Stündchen entgegen. Der Typ ist ein Psycho und wird mich mit dem

Schraubenzieher erledigen, bevor er mich in seine riesige Kühltruhe packt und das nächste Jahr über schnitzelweise am Lagerfeuer brutzelt.

Aber dann lehnte da wirklich diese ramponierte Maple-Neck-Strat am Bett, an einen ebenso antik wirkenden Fender Twin Reverb angeschlossen, mit stumpfen Saiten zwar, aber sonst aufs Beste gepflegt, Bünde, Mechaniken, Pick-ups, alles perfekt in Schuss, und Benno brauchte nur ein Paar Licks, zwei Akkorde und ein rockiges Riff, um zu wissen, dass er diese Gitarre nicht mehr aus den Händen geben würde.

»Wie viel?«

»Dreitausend. Das ist fair, oder?«

»Viel Geld.«

»Viel Strat.«

Benno lachte. »Gibst du mir den Twin auch noch dazu?«

»Für zweihundert extra, ja.«

Benno hatte knapp zweitausend bei sich, die angesammelte Gage der letzten Gigs, also fuhren sie, den Verstärker und die Gitarre vor Bennos Sitz auf dem Boden, zum Motel, wo sie Phil, den Mixer, der vor dem Fernseher eingeschlafen war, weckten und um leihweise dreizehnhundert Dollar erleichterten. Helmuts Finger waren schauerlich krumm, als er das Geldbündel in seine Jacke steckte.

»Woher kennst du Robertson?«, fragte Benno, nachdem sie Amp und Gitarre in sein Zimmer geschafft hatten.

»Ich war drei Jahre lang sein Gitarrenroadie, er hat sie mir zum Abschied geschenkt. Mit der Auflage, sie nie an einen Idioten weiterzugeben.«

»Wieso hast du aufgehört bei ihm?«

»Seine Tochter stand auf mich. Sie war vierzehn.«

»Danke. Mach's gut.« Benno gab Helmut die Hand. Sie waren inzwischen wieder bei dem Dodge angekommen, und Benno hatte es eilig, nach drinnen zu hasten, neue Saiten aufzuziehen und auf dieser Wunder-Strat zu spielen, wenn auch ohne den Verstärker, denn es war kurz vor drei Uhr nachts. Musste er sich eben vorstellen, wie sie klang. Und morgen alle Nachbarn mit der Nationalhymne wecken. Und dem *Yankee Doodle* hinterher.

»Ich flieg nach Hause und such meinen Sohn«, sagte Helmut, als er einstieg, »dieses Land hier sieht mich nicht wieder.«

»Viel Glück«, sagte Benno, winkte, als der rostige Riese mit dem Sound eines Weltkriegspanzers auf die Straße einbog und sich davonquälte. Zu einer letzten Nacht im White-Trash-Reservat. Benno hatte einen Blick in seine eigene Zukunft getan.

—

Die Melodie ist verschwunden, als Benno abschließt und sich auf den Weg nach oben macht. Wie immer isst er zwei der übrig gebliebenen Tramezzini, aber danach schaltet er den Fernseher nicht an wie sonst, sondern versucht, mit der Gitarre die Musik zurückzuholen. Leider ist sie nicht mehr aufzufinden. Irgendwo in seinem Innern ist sie noch, muss sie sein, aber den Weg zu den Fingern findet sie jetzt nicht mehr. Melodische Einfälle sind wie Poesie, Geschenke auf Zeit, man nimmt sie entweder sofort an, oder sie verfallen.

Er würde die Strat gern anschließen – das hat er, seit er hier ist, erst ein einziges Mal getan, aber er lässt es, weil er über sich Christines Schritte hört und immer wieder ein Hämmern. Sicher hängt sie Bilder auf. Er will sie nicht stören.

Das ist fast wie Zusammenleben, denkt er, ich höre, wenn sie da ist, und fühle mich anders. Aber wie anders? Besser? Irritiert? Gestört? Irgendwie aufgehoben? Er überlegt, ob er ihr wie gestern seine Hilfe anbieten soll, aber er will sich nicht aufdrängen. Wenn sie ihn braucht, wird sie sich melden. Wenn sie sich nicht meldet, will sie alleine sein.

Seine Finger wandern übers Griffbrett, und auch das ist anders als bisher – er hört sich selbst auf einmal wieder zu, spielt mit Verstand, nicht einfach nur wie ein Sportler beim Training, der innerlich unbeteiligt die immergleichen Figuren absolviert. Das ist fast schon wieder Musik, was er da in seinen Händen spürt und trocken, ohne Volumen, als glasiges Zirpen der resonanzlosen Saiten hört. Und noch etwas hört er, aber das nur in seinem Innern, die ganze Band aus der Carson Lounge, Stephens Geige mit ihrer fauchenden, hysterischen Energie, Nicks Pedal Steel mit ihrer manipulativen Emphase, Davids stoischen Bass und das Schieben und Klingeln von Tylers Drums und Warrens Gitarre. Jetzt gerade, in diesem Moment, vermisst er die Jungs. Auch das ist noch nie da gewesen. Liegt das an Christine? Erinnert sie ihn an sich selbst, als er noch ein Musiker war?

—

In La Baule waren sie sich auch ohne weiße Anzüge wie eine Neubesetzung des Films *Jules et Jim* vorgekommen, aufgekratzt, elektrisiert und auf eine Weise fieberhaft lebendig, die limitiert sein musste, nicht so bleiben konnte, immer gewahr, dass die heikle Balance ihrer vordergründig zwar nur gespielten, aber in Wirklichkeit allen dreien die eigene Sehnsucht kitzelnden Menage à trois ein fragiles Gebilde war. Inzwischen blitzten die Signale der Verlockung, des Versprechens, der Möglichkeiten nur so zwischen ihnen hin und her, aber ohne Christine wirkten Daniel und Benno müde und wie ausgelaugt, hatten einander nichts Wesentliches mitzuteilen und mieden den Blick des anderen. War Benno mit Christine allein, was nie über längere Zeiträume vorkam – immer nur eine Viertelstunde oder wenige Minuten, dann mied er zwar auch ihren Blick, aber er hätte ihr viel zu sagen gewusst. Ob die Worte allerdings je den Weg über seine Lippen finden würden, das stand auf einem anderen Blatt. Auch sie war dann wie abgeschaltet, aber es lag keinerlei Müdigkeit in der Luft – eher war es Vorsicht, Zurückhaltung, Neutralität, die sie sich aufzuerlegen schien, um nicht ein Daniel ausschließendes Zeichen an Benno zu senden. Beim Einrichten des grünen Hauses waren sie einander viel näher gewesen als jetzt, da sie auf einmal inhalts- und stimmlos wurden, sobald sie miteinander allein waren.

Benno begriff irgendwann, dass er mit Daniel nur noch zusammen sein wollte, weil dann Christine strahlte und lebte und ihm ins Innerste griff mit ihrem Wesen. War er allein mit ihm, hatten sie nichts mehr gemein, was selbstverständlich oder sicher gewesen wäre, nicht die Musik, nicht die Erinnerung an vier Jahre gemeinsames Arbeiten und Wohnen, nicht die Karriere, die sie gemacht hatten, den Platz, den sie in der Szene und dem Leben ihrer Hörer einnahmen, nichts mehr außer Christine.

In Biarritz, wo sie wieder ein Grandhotel bezogen hatten, war es, als hätte der Regisseur gewechselt. Nicht mehr Truffaut schien zwischen ihnen die Fäden zu ziehen, sondern Rohmer, die rücksichtsvolle Leichtfertigkeit aus La Baule hatte sich auf subtile, kaum merkliche Weise verwandelt in ein Lauern, das heimliche Zählen von Gesten und Blicken, die Beobachtung aus dem Augenwinkel, ob die anderen ein Anzeichen von Intimität erkennen ließen.

—

Sie schlenderten zu dritt, Christine bei Benno und Daniel untergehakt, über die Place Bellevue, als sie aus der Richtung des Kasinoeingangs Musik hörten. Jemand spielte *Little Wing* von Jimi Hendrix auf einer akustischen Gitarre. Daniel zog die Augenbrauen hoch, sah Benno an und sagte: »Hingehen. Anhören. Da kann's jemand echt gut«, und änderte die Richtung, denn sie waren auf dem Weg zum Strand gewesen.

Eine Gruppe junger Leute saß auf der Treppe neben, vor und hinter dem Musizierenden, einem Knaben mit bravem Scheitel, Hornbrille und Wildlederjacke, der das Stück nur instrumental spielte, aber so fließend und mühelos, dass man die Gesangsmelodie dennoch zu hören glaubte. Die Zuhörer träumten, ließen die Blicke schweifen und fühlten sich so sichtbar zur richtigen Zeit am richtigen Ort, dass Daniel, Benno und Christine sich dazusetzten, um daran teilzuhaben.

Neben dem Spielenden saß ein zweiter Gitarrist, die Arme um sein Instrument geschlungen, und hörte zu. Die beiden schienen zusammenzugehören, denn sie wechselten hin und wieder Blicke, wie man es nur tut, wenn man genau die Stellen kennt, die entweder heikel sind oder besonders gelingen – diese Blicke waren so etwas wie die Bitte um Unterstützung und das Gewähren derselben. Daniel und Benno sicherten sich genauso gegenseitig ihre Anwesenheit und Teilnahme zu, wenn sie miteinander spielten.

Statt eines Applauses gab es aus der Zuhörerschaft Kopfnicken und Murmeln am Ende des Liedes – diese Leute kannten sich. Sicher waren sie gemeinsam unterwegs, vielleicht eine Studentengruppe oder junge Kirchengemeinde. Gesprochen hatte bisher niemand, es war nicht auszumachen, woher sie kamen.

Jetzt stimmte der zweite Gitarrist seine tiefe E-Saite auf D herunter, der mit der Brille steckte sich Picks auf die Finger und sie begannen ein Stück gemeinsam. Daniels Augenbrauen verschwanden fast unter seinem Haaransatz, und Benno lachte stumm, nachdem die ersten Töne erklungen waren. Christine drehte den Kopf von einem zum anderen und flüsterte: »Ist das von euch?«

Daniel lächelte und nickte. Sie hatten das in der Klinik gespielt. Es war *Demian*, ein Stück von ihrem ersten Album, und die beiden Jungs spielten es ziemlich gut, allerdings machten sie sich die Sache unnötig schwer, weil der zweite Gitarrist nur das tiefe E umgestimmt hatte und nicht auch noch die drei hohen Saiten G, H und E. Benno hatte das Stück in offenem D konzipiert und konnte dadurch ohne fingerbrecherisches Umgreifen die

Läufe fließend und mit ineinander ausklingenden Tönen spielen.

Tatsächlich flog der Gitarrist bei einem langen Lauf über vierzehn Noten abwärts raus und musste lachend und die Schultern hebend aufgeben. Seine Finger hatten sich verhakt beim Versuch, die Saiten so lang ausklingen zu lassen wie im Original. Das war mit dieser Stimmung nicht möglich.

Christine gab Daniel einen Schubs mit dem Ellbogen. »Zeigs ihm doch«, flüsterte sie, und Daniel sagte: »Das ist Bennos Part.«

Sie konnte das nicht wissen, woher auch, trotzdem gab es Benno einen kleinen Stich, dass sie sich zuerst an Daniel gewandt hatte. Wieso nicht an ihn? Traute sie ihm das nicht zu? Er riss sich zusammen und sah Daniel fragend an. Wenn sie sich jetzt als Tanner & Krantz zu erkennen gaben, dann war das Idyll beendet, dann standen sie im Mittelpunkt und konnten den Moment nicht mehr genießen. Jedenfalls nicht so wie jetzt. Daniel nickte. »Zeigs ihm«, sagte er, »der ist dir ewig dankbar.«

»May I have your guitar for a moment?«, fragte Benno, und der Gitarrist reichte sie ihm nach einem kurzen Zögern, so kurz, dass es nur von einem, der nachzufühlen vermochte, wie es ist, ein gutes Instrument in fremde Hände zu geben, bemerkt werden konnte. Benno nahm die Gitarre.

»Picks also?«

Der Junge zog sich die Picks von den Fingern und reichte auch die herüber. Das war ein vielleicht noch größeres Zeichen von Vertrauen, denn diese kleinen Metallhäkchen würden sich an Bennos Fingern verformen und hinterher wieder in die richtige Fasson zurückgebogen werden müssen. Der andere hatte ihn offenbar als Musiker erkannt, obwohl in seinem Blick noch eine gewisse Vorsicht zu ahnen war. Jedenfalls für Benno.

Während Daniel dieselbe Transaktion mit dem Bebrillten ohne Worte vollzog – er deutete einfach auf die Gitarre und machte eine Krallenbewegung mit der rechten Hand, um die Picks zu fordern –, stimmte Benno die G-, H- und E-Saiten auf Fis, A und D, klopfte sich die Picks an den Fingern auf dem Oberschenkel zurecht und zählte ein.

Die Leute hatten sie nicht erkannt, auch die beiden Musiker nicht, also mussten sie das Stück von einer Kassette oder einem Sampler gelernt haben – auf dem Album war ein Foto von Benno und Daniel –, aber einigen schien zu dämmern, dass man es mit dem Original zu tun hatte, als sie die Musik auf einmal ganz ohne Hakeligkeiten und Unsicherheiten hörten, und ein kaum hörbares, eher nur fühlbares Raunen ging durch die Gruppe, es war mehr ein unvermitteltes Aufglühen von Energie, eine Konzentration und ein Aufrichten, sich anders Hinsetzen, den Kopf wenden, nur die beiden Gitarristen strahlten übers ganze Gesicht, als ihnen klar wurde, wer da spielte. Der eine hob die Hände in Schulterhöhe, ballte die Fäuste und machte eine kleine, bubenhafte Siegergeste, der andere hatte seine Hände vor dem Schlüsselbein aufeinandergelegt, als bekomme er in diesem Augenblick ein lang ersehntes Geschenk, und ließ den Blick nicht von Bennos Händen. Es klang, wie es klingen musste.

Und danach wurde es laut, sie klatschten und johlten und redeten durcheinander und auf Benno, Daniel und Christine ein, auf Englisch und in einer skandinavisch klingenden Sprache, vielleicht Dänisch, vielleicht Schwedisch, und der mit der Brille sagte: »You are Tanner and Krantz, you really are?«

»Yes«, sagte Daniel und reichte die Gitarre zurück, streifte sich die Picks von den Fingern und machte eine kleine angedeutete Verbeugung in Bennos und Christines Richtung.

Auch Benno gab die Gitarre zurück, lobte sie, sagte »Great guitar«, es war eine Martin D 35, dieselbe, die auch er spielte, und sie klang hervorragend, erstaunlich ausgeglichen, im Diskant so kraftvoll wie im Bass. Vielleicht sogar besser als die, die er besaß. Diese Jungs mussten reich sein. Die Gitarre des Bebrillten war eine Gibson aus den späten Fünfzigern, auch sehr kostbar.

»Play one more«, sagte eine der Frauen aus der Gruppe, und alle stimmten in den Nötigungschor mit ein, aber Daniel schüttelte den Kopf und stand auf.

»Would you sign my guitar?«, fragte der mit der Brille, und die beiden reichten die Gitarren wieder an Benno und Daniel zurück. Irgendjemand kramte einen Filzschreiber aus der Tasche, und sie setzten ihre Unterschriften auf beide Instrumente. Sie wechselten noch ein paar Sätze, die Gruppe war aus Dänemark und zu einem Surfkurs hier in Biarritz, die beiden Gitarristen spielten schon seit einem Jahr zusammen und wollten in Zukunft auch eigene Stücke schreiben, alle wollten sich sofort zu Hause mit CDs von Tanner & Krantz eindecken und so weiter, dann gingen sie auseinander, das heißt, Benno, Christine und Daniel gingen los, die jungen Leute blieben sitzen und starrten ihnen Löcher in den Rücken.

Sie hatten den halben Platz überquert, als Christine sich

bei ihnen unterhakte und sagte: »Ich weiß gar nicht, wie ich gehen soll. Die gucken alle. Nicht umdrehen.«

»Wir hätten's nicht tun sollen«, sagte Benno.

»Wieso nicht?«, fragte Daniel.

»Es ist wie angeben.«

»Quatsch«, sagte Christine, »ihr habt denen doch eine riesengroße Freude gemacht«, aber ihrer Stimme hörte man an, dass sie Bennos Einschätzung zuneigte, man habe das Schöne an diesem Moment zerstört, anstatt es zu genießen. Zumindest Benno hörte das. Endlich waren sie über den Platz und um die Ecke gebogen und gingen auf der Strandpromenade.

»Die Gibson war toll«, sagte Daniel.

»Die Martin auch«, sagte Benno.

»*Ihr* wart toll«, sagte Christine, und jetzt klang ihre Stimme nicht mehr nach Zweifel oder Unsicherheit.

—

Er hört noch immer ihre Schritte über sich, aber kein Hämmern mehr. Und auf einmal ist die Melodie da. Er schaltet den Verstärker ein, stellt ihn leise, hofft, dass die Musik sie nicht stören wird, und spielt so lange, bis er sich sicher ist, das Stück nie wieder zu vergessen. Er muss sich nichts ausdenken oder üben – die Musik ist da, so, wie sie am Nachmittag in seinem Kopf war, kommt sie jetzt aus seinen Fingern, ein simpler, freundlich-melancholischer Walzer, der keine handwerklichen Ansprüche stellt und sich gut auf einem Hackbrett machen würde. Oder einer akustischen Zwölfsaitigen. Oder mit Akkordeon, Geige, Mandoline.

Als er, nach vielleicht zwanzig Minuten, den Verstärker ausschaltet und die Gitarre in den Ständer zurückstellt, klingelt das Telefon.

»Das ist schön«, sagt Christine, »kann ich das kennen?«

»Au, hast du's doch gehört. Ich wollte eigentlich leise sein.«

»Es ist schön«, sagt sie noch einmal, »ich hab mich gefühlt, als säße ich nach Sonnuntergang an einem See und wollte nur noch warten, bis es dunkel ist, damit ich baden kann.«

»Warum erst wenn's dunkel ist?«

»Weil ich keinen Badeanzug mithabe.«

»Es ist neu«, sagt Benno, »eben erst erfunden.«

»Schön«, sagt sie zum dritten Mal, »damit schlaf ich ein heut Nacht.«

Wenn das hier so hellhörig ist, denkt er, nachdem sie aufgelegt hat, dann darf ich nicht husten. Und ich werde alles mitkriegen, was oben vor sich geht. Vielleicht höre ich sie und Daniel bei der Liebe. Oder sie und jemand anderen. Wie in dem Lied *Duncan* von Paul Simon.

—

Am Abend nach dem kleinen Treppenkonzert wollte Christine noch einmal zum Strand. »Ich will schwimmen«, sagte sie, »kommt ihr mit?« Natürlich kamen sie mit, sie machten alles zu dritt, und erst recht, wenn es von Christine vorgeschlagen wurde. Dann standen die beiden Troubadoure Laute bei Fuß und folgten, wohin auch immer die Dame sie führen mochte.

Sie hatten die letzten beiden Stunden in einem kleinen

Restaurant verbracht und schon einiges getrunken, zwei Flaschen Wein zu dritt, den letzten Schluck nahm Daniel noch im Stehen, nachdem er die Rechnung beglichen hatte, und Christine legte beim Gehen, anstatt sich wie sonst immer unterzuhaken, ihre Arme um die Hüften der beiden. Das war ein irritierendes Gefühl für Benno, fast so wie in der ersten Nacht in La Baule, als er ihre Hand so zufällig oder nicht zufällig auf sich bemerkt hatte. Die Stelle, auf der sie lag, wurde zum Zentrum seines Körpers. Er spürte, wie sich seine Pobacke beim Gehen bewegte, deren oberster Ansatz mit jedem Schritt Christines Hand streichelte oder von ihr gestreichelt wurde. Und Daniel musste dasselbe fühlen.

Sie gingen nicht zum Hotel, um ihre Badesachen zu holen, Christine lenkte sie gleich in Richtung Meer und bis zum Ende der Uferpromenade und weiter den Strand entlang, an einer verlassenen Badeanstalt vorbei, dann kletterten sie um einen Felsen und langten in einer kleinen Bucht an, die sie ganz für sich allein hatten. Spaziergänger waren keine mehr unterwegs und Badende erst recht nicht zu dieser Zeit. Es war kurz vor zwölf.

Hier gab es keine Laternen, das Licht eines Hauses über den Felsen streute nur diffusen Schimmer in die Luft, aber hier unten war es dunkel und diskret. Niemand würde sie sehen, oder, falls doch, nur als Schemen oder Silhouetten, und nicht erkennen können, ob sie nackt waren oder nicht. Es war sehr warm, der Himmel bedeckt, keine Sterne, kein Mond zu sehen, das einzige vage Licht kam über den Felsen in ihrem Rücken.

»Also los«, sagte sie, legte ihre Jacke auf den Kies und zog sich aus. Daniel und Benno taten dasselbe, denn weder konnten sie angezogen sitzen bleiben und Manets *Frühstück im Grünen* nachstellen, noch Christine allein ins Wasser gehen lassen. Eigentlich hatte Benno keine Lust zu baden, aber darauf kam es nicht an. Alle oder keiner.

Er trödelte, faltete seine Kleidungsstücke ordentlich zusammen, um hinter ihr zum Wasser zu kommen, dann würde er sie ansehen können. Daniel beeilte sich, er schien dasselbe vorzuhaben, nur umgekehrt, er wollte vor ihr im Wasser sein, um sie auf sich zukommen zu sehen. Aus den Augenwinkeln beobachtete Benno – soviel er zu beobachten wagte –, wie sich ihre Brüste bewegten, als sie die Jeans über die Hüften schob, wie sie nach vorn schwangen, als sie sich bückte, um Jeans und Höschen abzustreifen, wie sich der dunkle Fleck ihres Schamhaars vom helleren Rest ihres Körpers abhob, er merkte auch, dass er eine Erektion bekam, hatte aber keine Angst, sie würde es bemerken, denn sie hatte bisher keinen Blick auf einen von ihnen geworfen.

Daniel rannte die drei Meter zum Wasser und stob plantschend und schnaufend hinein. Christine ging langsam und vorsichtig, auf die Kiesel achtend, als könne sie so das Betreten eines spitzen oder scharfen Steins vermeiden, und ließ sich, als sie bis zu den Oberschenkeln im Meer stand, von der ersten Brandungswelle anspringen, um dann schnell die letzten Schritte und ersten Schwimmzüge zu tun, nach denen sie nur noch ein Kopf über der Oberfläche war und das Bild ihres Körpers als bloßes Echo in Bennos Gehirn blieb. Er selbst ging zuerst langsam, beeilte sich aber dann, weil er fürchtete, sie oder Daniel könnten doch noch den Kopf zum Ufer wenden und seine inzwischen markante Erektion bemerken, und preschte, wie eben Daniel, ins Wasser, um sich, sobald es tief genug war, fallen zu lassen.

Als hätten sie sich verabredet, schwammen sie zueinander hin und nebeneinanderher, bis sie etwa zehn Meter vom Ufer entfernt innehielten und Wasser traten.

»Fehlt nur noch ein Vollmond«, sagte Christine.

Daniel tauchte durch eine Welle, um dann gleich wieder heranzuschwimmen.

»Geht's euch gut?«, fragte Christine, und Benno spürte, wie ihn einer ihrer Füße flüchtig berührte. An der Hüfte. Knapp daneben.

»Ja, es ist toll«, sagte er.

»Klar«, sagte Daniel.

Den Rückweg ans Ufer nahmen sie einige Zeit später, als es ihnen im Wasser zu kühl wurde, im gleichen Muster umgekehrt. Zuerst Benno, dann Christine, dann Daniel. Sie legten sich auf ihre Jacken, schauten in den milchigen Himmel über sich und schwiegen. Irgendwann spürte Benno Christines Hand, die nach seiner griff, und wusste, dass sie auf der anderen Seite auch Daniel so hielt. Sie lag zwischen ihnen.

»Das vergess ich nicht«, sagte Christine irgendwann leise, und Daniel erwiderte ebenso leise: »Ja.« Benno schwieg. Aber er drückte ihre Hand, und sie drückte zurück.

—

Jetzt geht sie barfuß. Das Wummern ihrer Schritte ist weicher, kein Klacken mehr, in einer Filmmusik würde dieser Sound eine unterschwellige Bedrohung markieren. Er hört ein Rauschen, das muss die Badewanne sein, und wieder Radiomusik, aber die so diffus, dass er nur gerade erkennen kann, dass das Radio läuft, aber nicht, was es spielt. Es könnten alte Schlager sein, es klingt eher blechern als satt, aber es ist zu dünn, zu vage, er kann es nicht sortieren.

Das Rauschen hat aufgehört, die Schritte auch, jetzt liegt sie in der Badewanne. Ich werde Kopfhörer brauchen, denkt Benno, ich kann ihr nicht mein Fernsehprogramm aufdrängen, und wenn ich Gitarre spiele und mich hören will, muss ich mir was überlegen.

Wieso ist ihm eigentlich die Hellhörigkeit der Wohnung nicht früher aufgefallen? Bis vor einem halben Jahr wohnte ein Paar oben, und er erinnert sich, manchmal Schritte gehört zuhaben, mehr nicht. Trampelt Christine lauter? Hört er anders hin? Hat sich durch die Renovierung etwas am Boden geändert?

—

Eine Zeit lang behielt er die rote Strat noch als Ersatzgitarre, falls ihm auf der Bühne eine Saite reißen würde, aber das passierte nie. Er spielte inzwischen mit Kunststoffpicks, zupfte vorsichtig, zog nie die Töne und wechselte überdies die Saiten alle drei bis vier Abende, sodass er sich nach einigen Monaten entschloss, das unnütze Instrument zu verkaufen. Natürlich mit Verlust, denn Gitarren müssen alt sein, um wertvoll zu werden.

Der Musikhändler in El Paso zählte ihm sechshundert Dollar auf die Theke und bot ihm einen Job an. Die Band, in der er selbst jahrelang gespielt hatte, bis es ihm reichte und er den Laden übernahm, suchte einen Gitarristen für regelmäßige Package-Tours, die sie für ein kleines, aber reiches Countrylabel machten und an denen sie jeden Abend sechs verschiedene Sänger begleiteten. Vierhundert Dollar pro Gig. Benno sagte zu und zog nach Fort Worth – es war zum Glück in einer Tourpause, und die alte Band hatte Zeit, sich einen Ersatzmann zu suchen.

Nach vier Tagen Probe im Studio des Labels fuhren sie los und spielten en suite sieben Wochen, reisten in einem geräumigen Bus zusammen mit den Sängern, mussten erst zum Soundcheck aus ihrem Tournee-Tran erwachen, denn die übrige Arbeit, das Aufbauen, Abbauen, Einleuchten und Stimmen der Instrumente, wurde ihnen von zwei Roadies und immer wechselnden örtlichen Stagehands abgenommen. Es war der reine Luxus, zumal sich Benno mit den anderen Musikern sofort verstand, keiner spielte den Ansager und keiner die Diva. Leider taten das manche der Sänger, aber das war leicht zu verkraften, solange die Band sich vertrug.

Viel schwerer zu verkraften war die Musik, die sie spielen mussten. Nur selten ging einer der Acts über das immer gleiche Genregewimmer hinaus und zeigte Charakter oder Eigensinn, fast alles, was sie zu spielen hatten, waren platte, geklonte Radioschlager, allenfalls zur Beschallung von Kaufhäusern oder Freizeitparks geeignet, aber nicht dafür, Momente der Anwesenheit oder gar Entrückung zu erzeugen. Sentimentaler und auftrumpfender Mist. Geldmachermusik. Benno schämte sich.

Immer wenn der letzte Song gespielt war, sich die Sänger gemeinsam verbeugten, die Band ihre Instrumente zur Seite stellte und sich ebenfalls verbeugte, sagte Nick, der

Pedal-Steel-Player, laut und deutlich, aber im Applaus nur für Benno und Stephen, den Geiger, die direkt neben ihm standen, hörbar: »Ich bin zu alt für den Scheiß.«

Benno hielt über ein Jahr durch, aber jeden Abend nach dem Auftritt, wenn er zur Horizonterweichung schritt, fühlte er sich wie ein Verbrecher, ein Kollaborateur des Bösen und schwor sich, sobald es ginge, auszusteigen. Inzwischen brauchte er aber das Geld, auf seinem Konto gingen nur noch spärlich Tantiemen ein, und er versuchte, sich zu trösten oder zu beschwichtigen, indem er dachte, Gebrauchsmusik ist keine Schande, aber es war nicht mal Gebrauchsmusik, wobei er da mitmachte, es war ekelhaft. Es war eine Schande.

Er war nun schon über fünf Jahre in den Staaten und begriff an irgendeinem Abend in irgendeiner Stadt, irgendwann zwischen dem fünften und siebten Drink, dass er nur hierblieb, um nicht dort zu sein. Er lebte ex negativo. Es ging nicht darum, etwas zu lernen, andere Musik zu machen, eine andere Welt zu bereisen, es ging nur ums Exil, nur darum, Christine und Daniel auf einem anderen Kontinent zu wissen. Wen er wegen wem verlassen hatte, wusste er nicht. Ob Daniel wegen Christine oder Christine wegen Daniel – das würde er auch nie herausfinden. Ebenso wenig wie er herausfand, wer ihm wen weggenommen hatte. Und wen von beiden er mehr vermisste.

—

Schon auf dem Heimweg vom Strand hatte sich die Wärme der Nacht in Schwüle verwandelt, sie gingen zurück zum Hotel und sangen *Karle trag du da Schirm*, ein schwäbisches Nonsens-Wanderlied für simple Gemüter, das Christine angestimmt hatte, obwohl ihr der Dialekt nicht gerade fehlerfrei über die Lippen ging.

Als sie vor einem Lokal drei Passanten begegneten, verstummten Daniel und Benno, aber Christine ließ sich nicht beirren und sang trotzig weiter. Um sie nicht zu blamieren, sie nicht wie eine Betrunkene wirken zu lassen, stimmte Benno wieder mit ein und sang die Zeile »Mi frierts an'd Füß« mit, aber als er die beiden Gitarristen vom Nachmittag erkannte, unterband er das Gesinge mit einem Ellbogenstoß in Christines Seite. »Aua«, sagte sie, und »Hi«, sagten die beiden Dänen, winkten und bogen um die nächste Ecke.

»Habt ihr das auch in der Schule gesungen«, fragte Christine, »beim Wandertag?«

Eine Antwort erübrigte sich, sicher erwartete sie auch keine, denn sie sprach weiter: »Das war ein echt schöner Tag.«

»Ja«, sagte Daniel.

Benno schwieg, denn er spürte Christines Brust durch ihr Sweatshirt und seine feuchte Jacke. Er hörte nicht zu.

Im Hotelzimmer ging es wieder keusch und vorsichtig zu, Christine verschwand wie immer als Erste im Bad und kam nach einiger Zeit wieder in dem Paisley-Pyjama, den sie in La Baule gekauft hatte. Dann gingen Daniel und Benno nacheinander, putzten sich brav die Zähne und legten sich in ihrer Unterwäsche ins Bett. Pyjamas besaßen sie beide nicht. Sie schliefen normalerweise nackt, aber auf dieser Reise war das nicht drin.

Daniel schnarchte schon leise und regelmäßig, und Christine lag so still, dass Benno glaubte, sie sei ebenfalls eingeschlafen, als er noch einmal aufstand, um das Fenster zu öffnen. Draußen ging ein böiger Wind. Es schien auf ein Gewitter rauszulaufen. Die Luft roch elektrisch.

–

Ob ihn ein Donnerschlag aufgeweckt hatte oder etwas anderes, wusste Benno nicht, aber sein Herz klopfte wie wild, und er sah die Vorhänge im Luftzug schwingen und hörte starken Regen draußen auf die Markise prasseln. Daniels kleine Schnarcher hörte er auch, und noch etwas hörte er: ein leises, regelmäßiges Rascheln oder Schaben, so leise, dass er es eigentlich gegen den Regen nicht wahrnehmen durfte und nicht sicher sein konnte, ob es Einbildung oder wirklich Geräusch war. Er lag auf dem Rücken und drehte den Kopf zu Christine, die rechts neben ihm unter einer gemeinsamen Decke mit Daniel schlief. Er drehte den Kopf so langsam und vorsichtig, dass sie es, falls sie wach wäre, vielleicht nicht bemerken würde, jedenfalls hoffte er das, denn längst hatte er zum Geräusch eine Vorstellung, die ihn veranlasste, den Atem anzuhalten.

Sie lag auf dem Rücken, hatte die Decke von sich geworfen, das Pyjamaoberteil unters Kinn gerafft, ihre Brüste lagen frei, ihre Augen waren geschlossen, soweit er das in der Dunkelheit beurteilen konnte, und das Geräusch kam, wie er angenommen hatte, von ihrer Hand, die sie in die Pyjamahose geschoben hatte zwischen ihre Beine, wo sie sich mit schnellen Bewegungen selbst befriedigte.

Benno lag starr, konnte die Augen nicht von dem Anblick wenden und wusste nicht, ob sie das im Schlaf tat, ob sie träumte und ihren Traum unwissentlich in der Realität begleitete oder ob sie wach war und wissen oder ahnen konnte, dass er ebenfalls wach war und alles mitbekam, ob sie das in Kauf nahm, es vielleicht sogar wollte, ob er sie anfassen konnte oder sollte oder ob er das auf keinen Fall wagen durfte, um sie nicht zu wecken und ihrer Scham auszuliefern.

Jetzt ließ sie ihre Beine auseinanderfallen, ihr linkes Knie lag auf Bennos Hüfte, wieder knapp daneben, und diese Berührung, in Verbindung mit dem Anblick und Geräusch, zu dem jetzt auch das Vibrieren der Matratze und ein leises, tiefes, regelmäßiges Stöhnen gekommen war, reichte, ihm einen Orgasmus zu bescheren, wie er ihn noch nicht erlebt hatte. Sein ganzer Körper zog sich zusammen vom Nasenbein bis zu den Fersen und löste sich auf, vermischte sich mit der Bettdecke, der Matratze, dem Leintuch, Christines Knie, dem Regen, dem Luftzug und Christines jetzt langsamer werdenden Bewegungen und immer tieferen Atemzügen. Und dann kam ihre Hand, die linke, zu ihm, nahm seine Hand und umschloss sie leicht, während die rechte noch immer in der Schlafanzughose lag und letzte kleine Bewegungen vollführte, die von ebenso kleinen Zuckungen ihrer Hüften begleitet waren, dann lag sie still.

Eine Zeit lang lag auch Benno still, dann löste er vorsichtig seine Hand aus ihrer, griff über sie hinweg und zog die leichte Decke über ihren Körper. Sie schlief. Oder sie tat so. Und er würde morgen nicht mehr wissen, ob er das geträumt hatte oder ob es wirklich geschehen war.

Er stand vorsichtig auf, holte sich eine frische Unterhose aus dem Koffer, so leise es ging, schlich ins Bad und hoffte, dass kein Donner Christine oder Daniel wecken würde, er wusch den Slip, legte ihn zum Trocknen über den Heizkörper, nahm sich vor, morgen früh als Erster aufzustehen, um diese verräterische Spur wieder zu verbergen, und stellte sich ans Fenster, sah in den Regen hinaus und konnte sich nicht vorstellen, in dieser Nacht noch einmal einzuschlafen.

—

Kurz vor Mitternacht, er müsste eigentlich inzwischen müde sein. Den ganzen Tag auf den Beinen und immer in einem Aufmerksamkeitsverhältnis zu den Gästen zu stehen, ist anstrengend, und normalerweise hat er sich bis irgendwann nach elf Uhr abends müde gespielt, aber jetzt kann davon keine Rede sein, er ist hellwach. Ob das an der Melodie liegt, die er noch immer im Kopf hört und in den Fingern spürt, oder am Wetter – draußen stürmen dramatische Wolken über den Himmel – oder an Christine, von der er nun nichts mehr hört, die er sich aber vorstellt, wie sie in der Badewanne liegt und träumt oder liest oder vor sich hinsummt – vielleicht seinen Walzer; sie wollte damit ja einschlafen –, er weiß nicht, woran es liegt, aber er kann auch nicht damit umgehen. Um diese Zeit wach zu sein, ist einfach nicht im Plan – er nimmt seine Jacke vom Haken und öffnet die Tür.

Das Telefon dudelt seine biedere kleine Mollmelodie, und er hängt die Jacke wieder auf. Er rechnet fest damit, Christines Stimme zu hören, die noch irgendetwas will, einen Schlummertrunk mit ihm, den Walzer noch mal hören, einen Vorschlag für Morgen machen oder nur gute Nacht sagen, aber es ist Daniel.

»Wo bist du?«, fragt Benno.

»Berlin. Ich kann auch so bald nicht kommen. Leider. Hier wird alles immer mehr. Ich will dich um was bitten.«

»Um was?«

»Erinnerst du dich an Meike? Die Frau in Nashville, die den Emmylou-Harris-Titel gesungen hat?«

»Ja.«

»Sie ist wieder hier. In Berlin. Ich will eine CD mit ihr machen. Ich finanzier alles vor und hol mir die Kohle hinterher von der Plattenfirma per Bandübernahmevertrag. Und ich will, dass du sie produzierst und mitspielst.«

»Wieso nicht du?«

»Erstens keine Zeit, die Firma lässt mir einfach keinen Spielraum, zweitens bist du besser und drittens …« Er unterbricht sich, aber Benno weiß, was er gesagt hätte: »Du kannst das Geld brauchen.« Schon wieder ein Almosen. Er spürt den Impuls, sofort Nein zu sagen, aber er schweigt, weil er gleichzeitig etwas wie Freude in sich entdeckt – die Aussicht, zu musizieren, ist auf einmal wieder verlockend.

»Hast du Lust?«

»Ich muss drüber nachdenken. Eigentlich ist das alles so weit weg und mir so wurscht, aber irgendwie … vielleicht doch. Gib mir Bedenkzeit, ja?«

»Okay.«

»Und wo willst du das aufnehmen, in Berlin?«

»Wär mir am liebsten«, sagt Daniel, »da könnte ich immer mal vorbeikommen, aber das sollst du entscheiden, du bist der Produzent, vielleicht wär's gar nicht so gut, wenn ich mich einmische und dir reinquatsche. Und Carlo hat inzwischen ein Studio im Allgäu, das ist günstig, es hat

Platz für alle zum Übernachten, du könntest zwischendrin mal heimfahren. Carlo ist, wie du weißt, ein klasse Toningenieur.«

»Morgen«, sagt Benno. »Eine Nacht zum Überschlafen brauch ich.«

»Okay.«

Noch immer ziehen diese riesigen Haufenwolken über den Himmel und geben eine pathetische Kulisse ab für Bennos Grübeln darüber, ob er wieder Musik machen will oder nicht, ob er das La Storia einfach so alleinlassen kann, ob er Valerio oder Souad zum Interimsgeschäftsführer machen soll, was er fühlt beim Gedanken, wieder mit der alten Band zu spielen. Denn das hat im ersten Augenblick schon für ihn festgestanden: Es müssen Warren, Stephen, Nick, Tyler und Dave sein.

Allerdings, das wird ihm jetzt erst klar, hat Daniel nichts darüber gesagt, um welche Art von Musik es sich handeln soll. Benno ist automatisch von Country ausgegangen, weil Meike in Nashville diesen Song gesungen hat, aber vielleicht will sie Pop oder Soul oder irgendwas sonst machen? Dann wäre er nicht dabei. Das steht fest.

Das Telefon dudelt wieder.

»Entschuldige, hab noch was vergessen«, sagt Daniel, »es geht um Country, wir denken an Covers, aber eher entlegene, unbekannte Preziosen, nicht grad so was wie *Lucille* oder *Jolene*. Meike würde das mit dir zusammen auswählen, und du sollst ein Honorar kriegen, zehntausend, dafür eine etwas kleinere Beteiligung am Verkauf, und ich geb dir meine Karre. Ich hab hier den Saab übrig, weil ich mir jetzt einen BMW hole. Dann kannst du hin- und herfahren, wie's dir passt.«

»Gut«, sagt Benno, »morgen weiß ich's«, und legt nach den Abschiedsfloskeln auf.

Jetzt kann er erst recht nicht schlafen.

—

Die musikalische Phrasendrescherei war irgendwann nur noch zu ertragen, indem Benno die allnächtliche Horizonterweichung vorverlegte und sich das Publikum, die Musik und vor allem einige der Sänger schöntrank. Oder vielleicht nicht schön, aber wenigstens diffus. Halbwirklich. Er musste geschickt sein, denn es durfte nicht auffallen. Die Band war normalerweise vor dem Soundcheck zusammen im Hotel oder, wenn dafür Zeit war, in einem Café oder Diner, um eine Kleinigkeit zu essen. Benno begann, sich auf seinem Zimmer einzuigeln, wo er die Bourbonflasche aus dem Koffer nehmen und ein paar herzhafte Schlucke reinziehen konnte. Dabei blieb es aber nicht lange, es lief mehr und mehr auf eine halbe Flasche hinaus. Und das brauchte Zeit. Eine Viertelstunde mindestens.

Eines hektischen Tages mit verspätetem Eintreffen am Auftrittsort und technischen Schwierigkeiten beim Soundcheck fuhr Benno unvorsichtigerweise dem unsympathischsten Sänger so ruppig übers Maul, als der sich über die seiner Meinung nach zu träge Gangart der Band beschwerte, weil es zur vorbereitenden Horizonterweichung nicht gereicht hatte, dass eine sehr ungute Stimmung entstand, die Benno nur notdürftig wieder entspannen konnte, indem er sich entschuldigte und klein beigab. Und beim Gig, vor dem er das Versäumte etwas zu großzügig nachgeholt hatte, verpatzte er dann jeden zweiten Einsatz.

Die Band fing ihn auf, so gut es ging, versuchte zu kaschieren, was er verbockte, aber die Sänger merkten es und weigerten sich, noch einmal mit ihm zusammen auf die Bühne zu gehen. Der Tourmanager warf ihn raus, und Benno packte seine Sachen.

Bei der Band entschuldigte er sich und bei einem der Sänger, den er mochte und dessen Set versaut zu haben, ihm wirklich leidtat. Den anderen, einem Zwillingspaar in Blond und Rosa, einer Art doppelter Dolly Parton, dem Unsympathen, einem Langweiler, der sich als Kopie von Mink de Ville kostümierte, und zwei weiteren Sängern, deren Gesichter er sich nicht einmal den Tag über merken konnte, zeigte er den Mittelfinger, nahm Gitarre und Reisetasche und ging zur Greyhound-Station. Den Verstärker und das Effektboard würde er nach Tourende bei Nick in Fort Worth abholen.

Er nahm sich fest vor, in Zukunft tagsüber vor dem Spielen nicht mehr als drei Drinks zu nehmen, aber da er einstweilen kein Engagement hatte, war dies ein Plan für irgendwann, dessen Verwirklichung er nicht sofort in Angriff nehmen musste.

Nachdem er drei Wochen später seine Sachen bei Nick geholt hatte, zog er wieder nach Nashville. Das Geld würde eine Weile reichen, und falls es eng werden sollte, konnte er immer noch den Camper verkaufen. Er hatte die Adresse von Nicks Exfrau, die in Nashville lebte, und versprochen, sich zu melden. Man wollte in Kontakt bleiben.

Ob es daran lag, dass er sich auf einmal nicht mehr wie ein Reisender, sondern nutzlos und ausgemustert fühlte nach dem Rausschmiss bei der Label-Tour oder daran, dass er wochenlang in den Musikclubs herumhing und nur zuhören durfte, jedoch nicht mehr spielen, daran dass er mehr trank als je zuvor oder daran, dass er sich fremd fühlte, obwohl jeder nett zu ihm war – er bekam Heimweh, wie man es eigentlich nur als Kind kennt: jämmerlich, hundeelend, so schlimm, dass er einige Male nah dran war, das nächste Flugzeug zu besteigen. Er tat es nicht, weil er wusste, er würde dasselbe Heimweh auch in Deutschland haben, er gehörte nirgendwo mehr hin – ob er nun Englisch, Deutsch oder sonst eine Sprache aufschnappen würde, denn das Heimweh hatte er nach Christine, nach Daniel, nach der Musik, die sie gemacht hatten, die etwas wert gewesen war, nicht nur Geldverdienerei, die etwas bedeutet hatte für die Hörer, für ihn, für Daniel – diese Musik war Kunst gewesen, etwas Unverwechselbares und Sinnvolles, nicht dieser Pausenfüllerschrott, an dem er sich das letzte Jahr über krankgeleiert hatte, er selbst war unverwechselbar gewesen und wichtig –, jetzt war er nicht mal mehr der Inhalt seines eigenen Umrisses, nur noch eine leere Silhouette, so kam es ihm vor, er war niemand mehr, der Nowhere Man. Und es war kein gutes Gefühl.

Wer nirgendwohin gehört soll auch nirgendwo bleiben, fand er und begann wieder zu reisen, nach Dallas, New Orleans, San Francisco, Seattle, Portland, Sedona, San Diego – er absolvierte ein Meilenpensum, das für ein ganzes Jahr gereicht hätte, in weniger als vier Monaten. Aber ohne Ziel zu reisen oder wenigstens die Hoffnung, sich irgendwo an irgendetwas oder jemanden anzuschließen, machte das Ganze irgendwann so eintönig und beliebig, dass er sich entschloss, nach Nashville zurückzufahren und Nicks Exfrau anzurufen. Vielleicht ergäbe sich wieder was, eine Band, in die er einsteigen konnte, ein paar Studiogigs oder wenigstens eine Jamsession hier und da mit Nick und irgendwem sonst. Er war es gründlich leid, so außerhalb der Welt herumzugeistern. Er brauchte wieder einen Ort. Und sein Geld hatte schneller abgenommen als erwartet – er war durch die Package-Tour wieder verwöhnt worden und hatte sich, wenn er den Camper nicht legal abstellen konnte, in besseren Hotels und Motels eingemietet und sich die besseren Drinks gegönnt. Pleite war er noch nicht, aber es fehlte nicht mehr viel.

—

Am Morgen nach der Gewitternacht schaffte er es tatsächlich, als Erster ins Bad zu schlüpfen und die verräterische Unterhose vom Heizkörper zu holen. Sie war noch nicht ganz trocken, deshalb zog er sie an, anstatt sie in die Reisetasche zu packen. Er wagte es nicht, Christines Blick zu suchen, wandte die Augen ab, sah zu Boden oder auf die Uhr, wann immer es zu einem Kontakt hätte kommen können, denn egal was in ihrem Gesicht zu lesen sein würde, er hätte nicht gewagt, es zu beantworten.

Dennoch fühlte sich Benno mit ihr verbunden, anders als bisher, stärker, er teilte das Geheimnis, auch wenn es ohne ihr Wissen sein sollte, es erhob ihn, entfernte ihn von Daniel, rückte ihn näher an Christine, als Daniel wissen konnte, als sie vielleicht wusste – nur er wusste es und schwieg. Und schaute überallhin, nur nicht in ihre Augen. Und hatte das Gefühl, Daniel zu bestehlen. Und dachte gleichzeitig, vielleicht teilt sie auch mit ihm irgendein Geheimnis, das ich nicht kenne, mit dem sie mich ausschließt, mit dem er mich hintergeht.

Den Vormittag verbrachten sie zuerst in einem Café, dann schlendernd über einen Markt, durch die Gassen und schließlich am Strand, aber ohne ins Wasser zu gehen, sie sahen sich nur von der Terrasse beim Kasino aus das Planschen, Spielen, Lesen, Dösen und Schwimmen der anderen an. Dann wollte Christine schlafen, Daniel und Benno würden derweil üben und sich dafür irgendwo im Hinterland eine Waldlichtung oder ein anderes entlegenes Plätzchen suchen.

Alle paar Tage musste das sein. Die Finger brauchten Training. Die Gehirne vielleicht auch. Sie fuhren fast eine Stunde herum, wählerisch wie ein Paar, das nach einem Ort für die Liebe sucht, bis sie endlich einen einsamen Grillplatz gefunden hatten, der noch zur Hälfte von der Sonne beschienen war und halbe Baumstämme zum Sitzen hatte.

Beim Spielen fühlte sich Benno zum ersten Mal an diesem Tag wieder wohl – er hatte Daniel den Morgen über nicht ansehen wollen, vielleicht weil er dachte, er könne sich verraten, das Geheimnis wie Schuldbewusstsein im Gesicht haben, so, wie man als Kind glaubte, eine Lüge nicht verbergen zu können, weil die Erwachsenen einem ihrerseits die Lüge aufgetischt hatten, man sähe es an der Nasenspitze. Wenn sie spielten, waren sie in einem anderen Zustand, dann waren sie nur noch ein vierhändiger Mensch, und einer allein lügt sich nicht an. Oder wenigstens misstraut er sich nicht. Sie spielten lange, vielleicht drei Stunden, sie sahen nicht auf die Uhr, aber die Sonne war vollständig von der Lichtung verschwunden, als sie einpackten, in den Wagen stiegen und in die Stadt zurückfuhren.

Christine war nicht da.

»Essen wir was«, sagte Daniel.

»Und wenn sie nachher auch Hunger hat?«

»Dann essen wir halt noch was.«

Benno schrieb eine Notiz und legte sie aufs Bett: »Wir sind an der Place Bellevue.« Dort würden sie auf jeden Fall einen Platz kriegen, an dem sie von Christine gefunden werden konnten. Und vielleicht käme sie dort ohnehin vorbei auf dem Weg vom Strand oder wo auch immer sie jetzt gerade war.

Aber sie kam nicht. Bis kurz nach neun saßen Daniel und Benno da, den Rücken zur Hauswand und die Augen auf den Platz gerichtet, dann ging Daniel zum Hotel, um nachzusehen, ob sie im Zimmer sei und vielleicht schon wieder schlief, den Zettel übersehen hatte oder krank war, doch er kam nach wenigen Minuten zurück und zuckte die Schultern.

»Und wenn sie am Strand ist«, sagte Benno, »und eingeschlafen?«

Sie gingen zuerst nach rechts, dann zurück, dann nach links den ganzen Weg, den sie in der Nacht zuvor genommen hatten, aber nirgends unter den mittlerweile nur noch vereinzelten Badenden war Christine zu sehen.

»Ich krieg langsam Angst«, sagte Daniel.

Er kletterte voraus über die Felsen zu ihrer Badebucht, und als er weit genug oben war, um hineinsehen zu können, duckte er sich abrupt, ging in die Hocke und machte Benno ein Zeichen, dass er bleiben solle, wo er war. Das tat Benno nicht, er kletterte bis zu Daniel und verstand, wieso sich der wie ein Spanner versteckte. In der Bucht lagen Christine und der Gitarrist von gestern, der mit der

Gibson, nicht der mit der Brille, auf einer roten Decke, zwar nicht nackt, aber in so liebevoller Ermattung umarmt, dass kein Zweifel daran bestand, sie hatten miteinander geschlafen. Daniel sackte zusammen.

»Weg hier«, flüsterte er, seine Stimme klang flach und beschädigt, er war blass und versuchte, so leise wie möglich den Rückweg anzutreten.

Unten am Strand stürmte er los und ging so schnell, dass Benno Mühe hatte, Schritt zu halten, er trat Löcher in den Boden, starrte vor sich hin und sagte irgendwann: »Das kann sie nicht machen.«

Ein paar Schritte weiter setzte er sich in den Sand, ließ sich einfach auf die einknickenden Knie sinken und erbrach sich.

Er blieb sitzen und sah erstaunt auf das, was da aus ihm herausgeschossen war, vielleicht noch bleicher als zuvor, teilnahmslos und wie abgeschaltet. Dann begann er zu weinen.

Benno versuchte, ihn auf die Beine zu ziehen, aber Daniel wehrte ab, machte sich schwer und sagte, von Schluchzern unterbrochen: »Lass mich, ich will allein sein.« Benno gab auf.

Ein paarmal drehte er sich noch um, unsicher, ob es in Ordnung war, Daniel zu gehorchen, oder ob er nicht doch bei ihm bleiben müsste, aber er ging weiter, bis zum Kasino, längst war Daniel nur noch ein kaum definierbarer schwarzer Fleck im Sand, etwas wie ein Müllsack oder Kleiderhaufen, ein vergessener Rucksack, ein Stück Treibholz oder Stein, und als Benno die Place Bellevue überquerte, merkte er, dass er selbst weinte, sein Gesicht war nass, und etwas wollte immer wieder vom Magen zur

Stirnhöhle, die Nässe unter den Augen kühlte sich ab in einem Windhauch, und er ging wie eine Maschine zum Hotel.

–

»Ich fahr voraus« hatte er auf den Hotelnotizblock geschrieben, den Block, ohne das Blatt abzureißen, aufs Bett gelegt, neben den Zettel vom Nachmittag, nach seiner Tasche gegriffen und sich auf den Weg zum Bahnhof gemacht.

Alles, was jetzt kommen konnte, jede Möglichkeit, sich zu verhalten, Christine in die Augen zu sehen, ihr zu erklären, dass das wehtat, sowohl Daniel als auch ihm, Daniel in die Augen zu sehen und zu begreifen, dass er so erschüttert war, weil er Christine ebenso begehrte wie Benno, sich mit Daniel gemeinsam vor Christine hinzustellen und ihr die doppelte Eifersucht zu gestehen, all das war ausgeschlossen. Es war ausgeschlossen, diesen Aufruhr zu dritt zu verhandeln, und da Daniel sich nicht vom Fleck rühren wollte, musste eben Benno das Feld räumen.

Daniel würde dort sitzen bleiben, seinen Kotzfladen studieren und sich von Christine, die irgendwann an ihm vorbeikommen musste, auflesen lassen. Ob er ihr dann gestehen würde, dass er sie mit dem Dänenbubi gesehen hatte und dass er das nicht aushielt, oder ob er nur so tun würde, als sei er betrunken und ganz zufällig am Strand, das war egal – Christine würde wissen, was los war. Sie würde es spüren.

Als er im Zug saß, bis Bordeaux mit einem jungen Paar, das sich abwechselnd auf Französisch aus einem Taschenbuch vorlas, dann alleine im Abteil bis Clermont-Ferrand, begriff Benno, dass er mit seinem abrupten Entschluss, die beiden miteinander alleine zu lassen, auch die Entscheidung getroffen hatte, Christine mit Daniel zu verkuppeln. Er hatte Platz gemacht und Christine dadurch gezeigt, dass er kein Interesse an ihr hatte. Das musste sie so sehen. Daniel würde es so sehen, das stand fest. Die beiden würden entweder zerstritten und wortlos zu Hause auftauchen oder Hand in Hand als Paar.

In Clermont-Ferrand ging es nicht weiter. Der nächste Zug fuhr erst um sechs Uhr vierzig am nächsten Morgen. Benno setzte sich auf die Treppen vor dem Bahnhof, um zu warten. Er nahm sich kein Hotel. Er würde nicht schlafen.

—

Er versucht, leise zu sein, als er die Tür hinter sich ins Schloss zieht, denn er will Christine nicht auf sich aufmerksam machen. Allerdings hört sie vielleicht im Badezimmer weder seine Tür noch seine Schritte auf der Treppe.

Unten vor dem Café überlegt er eine Sekunde, ob er sich nicht einen Schluck Grappa auf den Weg mitgeben soll, aber er steckt nicht einmal die Hand in die Hosentasche, um nach dem Schlüssel zu greifen, sondern geht zügig die Gasse aufwärts Richtung Kirche, denn er will zum Fluss und dort auf die schmale Insel mit den Platanen, dort kann er ein Stück weit ausschreiten und muss nicht gleich wieder vor irgendeiner Hauswand die Richtung wechseln. Er ist durcheinander.

Der Gedanke, wieder Musik zu machen, ist auf einmal

verheißungsvoll, er fühlt sich an wie Durst in dem Moment, wenn man die Flasche aufschraubt.

Wenigstens das Rauchen sollte ich wieder anfangen, denkt er, als er die Brücke überquert und einen Kahn voller Studenten darunter verschwinden sieht, irgendwas brauch ich, irgendwas Verbotenes, Schädliches, ich muss mir zeigen, dass ich wieder normal bin. Kein Roboter, kein Asket, der für ein Leben im Jenseits spart, sondern ein Mensch, der jetzt, solange er auf der Welt ist, nimmt, was ihn erfreut.

Christines Nähe, ihre Gegenwart direkt über ihm, mitten in seinem Alltag, und die Rückkehr der Musik in sein Inneres sind zur gleichen Zeit aufgetaucht. Das ist kein Zufall. Vielleicht ist Christine noch immer so etwas wie eine Muse, die ihn in Bewegung setzt, sodass die Robotergl ieder auf einmal knirschen und quietschen – vielleicht springen schon die ersten Nieten vom Metallpanzer ab. Der Walzer war das Ständchen des Troubadours unterm Balkon seiner Liebsten.

Märchensülze, denkt er, ich muss überdreht sein, solchen lyrischen Schund zu denken, Einen Songtext für Tammy Wynette.

Aber Christine hat ihn auf den Mund geküsst. Und in Biarritz, in dieser Regennacht, hat sie nach seiner Hand gegriffen. Wer sagt denn, dass das im Schlaf geschah? Es war vielleicht ein Zeichen gewesen. Das Zeichen, dass er zu ihrer Lust gehören sollte, dass sie ihn nur nicht tiefer einbeziehen konnte, weil Daniel da war, dass sie *ihn* meinte, er war ihre Hand gewesen, die Hand zwischen ihren Beinen, sie hatte ihn mit der anderen an deren Tun angeschlossen. So hatte er nie darüber nachgedacht. Wieso nicht? Weil er aufgegeben hatte? Weil er sie Daniel auf dem Silbertablett überreicht hatte, indem er so eilig in den Zug gestiegen und nach Hause gefahren war?

Heldenhaft war das nicht gewesen. Eher feige. Er hatte in Panik die Segel gestrichen, weil er den Gedanken an Christines vielleicht verletzten, vielleicht erstaunten, vielleicht beschämten oder verärgerten Blick nicht ertragen konnte, den Blick, den sie ihm oder Daniel oder ihnen beiden zugeworfen hätte, hätten sie vor ihr gestanden als doppelt personifizierter Vorwurf. Ja, es war feige gewesen. Ebenso feige wie die endgültige Flucht wenig später.

—

Er war auf der Bahnhofstreppe doch irgendwann eingeschlafen und von zwei Polizisten geweckt worden. »J'attends le train«, hatte er gestammelt, und sie ließen ihn, nach einem Blick auf ihre Armbanduhren, in Ruhe. Sie schauten beide auf ihre Uhren, streckten beide die linke Hand aus dem Uniformärmel und richteten den Blick darauf, synchron wie ein kleines Popballett.

Er wusch sich im Zug, dann schlief er bis Lyon, wachte nur kurz auf, schlief weiter bis Straßburg und fühlte sich den Rest der Reise elend, kaputt, ekelte sich vor dem Geschmack der Parisiennes, von denen er unterwegs viel zu viele rauchte, hustete und wünschte sich, er könnte noch mal weinen. Und er dachte an Daniel, der jetzt vielleicht erschöpft und wieder glücklich in Christines Arm lag und sich fragte, ob er noch ein drittes Mal schaffen würde.

Von Straßburg fuhr er nach Karlsruhe, von dort nach Stuttgart und von dort die letzten fünfzig Kilometer mit der Lumpensammlerbahn, die in jedem Nest hielt und fast eine Stunde brauchte. Es war Abend, als Benno endlich ankam.

Und als er aus dem Taxi stieg, sah er den goldenen Benz am Straßenrand und unterdrückte den Impuls, umzudrehen und gleich wieder einzusteigen. Er nahm seine Tasche und ging auf das fettgrüne, hässliche Haus zu, wollte seinen Schlüssel aus der Tasche holen, als die Tür sich öffnete und Christine darin stand, ihn ansah, ernst, den Kopf schüttelte und ihm ihre linke Hand entgegenstreckte. Das Taxi fuhr hinter ihm los, er hörte das Nageln des Dieselmotors, den Wechsel vom ersten in den zweiten Gang und, etwas weiter weg, den vom zweiten in den dritten. Erst jetzt ging er auf Christine zu, nahm ihre Hand mit seiner linken und ging mit ihr ins Haus. »Es tut mir leid«, sagte sie leise. Er sah sie nicht an.

»Wo ist Daniel?«, fragte er, als er das Gepäck im Flur stehen sah, ungeöffnet, die beiden mussten vor Kurzem erst hier angekommen sein.

»Oben«, sagte sie. »Er schläft. Er ist die ganze Strecke gefahren.«

Benno konnte sich nicht entschließen, sein Gepäck abzustellen, stand da, als überlege er, gleich wieder zu gehen. Sie ließ seine Hand los, griff nach der Reisetasche, wollte sie ihm abnehmen, aber erst als sie ein wenig am Griff zog, ließ er los.

»Wir wollten unbedingt vor dir da sein«, sagte sie.

Er stand noch immer unschlüssig da wie ein abgewimmelter Vertreter, und sie nahm wieder seine Hand und zog ihn in die Küche. »Ich mach Tee«, sagte sie, »komm.«

Sie musste ihn zweimal zur Seite schieben, denn er stand

an die Theke gelehnt, zuerst vor der Besteckschublade, dann vor dem Fach, in dem das Stövchen war, ein gelbes Porzellanding mit blauen Drachen, Teil des chinesischen Services, das Christine ihnen zum Einzug geschenkt hatte. Er nahm sich die vorletzte Parisienne aus der Packung und steckte sie an.

»Ich hab es wohl ziemlich vermurkst«, sagte sie, dabei sah sie ihn nicht an, sondern studierte die noch glatte Oberfläche des Teewassers im Topf, bis es sich endlich zu bewegen begann. Benno schwieg.

Er hätte reden müssen, hätte sagen müssen, immerhin ist jetzt raus, dass wir beide in dich verliebt sind, du musst entscheiden, wer es sein soll, oder wir versuchen es zu dritt, aber er brachte keinen Ton über die Lippen, zog nur ein ums andere Mal an der staubig und nach Teer schmeckenden Zigarette und sah sie an, wenn sie nicht hersah.

»Ich war so aufgeladen«, sagte sie, ohne ihn anzusehen, sie widmete sich konzentriert dem Eingießen des Wassers ins Teesieb, »es musste irgendwie raus. Dass ihr das mitkriegen könntet, hab ich nicht bedacht, ich hab überhaupt nichts gedacht. Es tut mir echt leid, dass euch das wehtut. Ehrlich.«

»Wir haben doch kein Recht auf dich«, brachte Benno heraus, immerhin das, auch wenn er alles Weitere wieder schluckte. Die Frage zum Beispiel, ob und wie sie Daniel getröstet hatte, gleich am Strand, im Bett, nur mit Worten, mit Streicheln, in den Arm nehmen oder so, wie er sich das vorstellte und nicht vorstellen wollte: mit Sex. Er schwieg und verbrannte sich lieber den Mund am zu heißen Tee.

Inzwischen lehnte sie ihm gegenüber an der Spüle und sah ihn an. Er hatte den Blick gesenkt, sah nur ihre Hüften und ihre Beine, den Schoß, der sich leicht abzeichnete unter der blasstürkisen Hose, die weich und weit an ihr herunterfiel – über den Saum ihrer bestickten orangen ärmel- und kragenlosen Bluse sah er nicht hinaus. Sie war nur eine Stimme mit Beinen.

»Was machen wir jetzt?«, fragte diese Stimme.

Er zuckte die Schultern. Er wusste es nicht. Das, was er wollte, konnte er nicht verlangen, nämlich dass sie ihn nähme und Daniel vergessen sollte, das ging nicht. Er konnte ihr das nicht so ins Gesicht sagen, und er konnte auch Daniel nicht so einfach bestehlen.

»Weißt du denn, was du willst?«, sagte er.

»Wisst ihr es denn?«

Dich, hätte er jetzt sagen müssen, aber wieder reichte es nur zu einem Schulterheben. Dabei sah er jetzt gerade, in diesem Augenblick, glasklar, dass das, was sie wollten, nicht möglich war. Zu dritt kann man sich amüsieren, aber nicht lieben. Zumindest nicht körperlich. Platonisch ja, sexuell nein. Aber platonisch wollten sie es beide nicht, sonst hätten sie nicht so niedergeschmettert auf Christines Techtelmechtel am Strand reagiert.

»Soll ich immer noch hier einziehen?«, fragte sie jetzt direkt, und er musste ihr in die Augen sehen. Für einen Moment zwar nur, länger hielt er es nicht aus, aber dieser Moment genügte, um ihn erneut in Verwirrung zu stürzen. Sie sah ihn voller Liebe an. Das war kein neutraler Blick, kein Blick, den man einem zuwirft, weil man eben mit ihm spricht, sondern ein Blick, der sich eingraben will ins Gesicht des anderen, der festhalten will, was dort vielleicht flüchtig zu sehen sein mag, der anfassen will und spüren, was er anfasst – ein Blick wie eine Berührung.

»Ja«, sagte er.

—

Früher hätte es hier noch geraschelt, denkt er, als er über die Insel geht, am Fluss entlang, nicht den breiten Weg in der Mitte zwischen den Platanen, sondern den schmalen, am Ufer rechts, hier wären Liebespaare auf der Uferböschung gewesen, die sich schnell bedeckt hätten, wenn sie meine Schritte hörten. Jetzt ist da niemand, kein anderer Spaziergänger, kein Dealer, kein Penner, niemand, nur er, dem auf einmal unwohl wird, so allein in diesem altmodischen Wäldchen mitten in der Stadt, dass er seine Schritte beschleunigt bis zur nächsten Brücke und sich dort erleichtert nach rechts wendet, zum Tunnel, stadteinwärts, und er nimmt nicht den Tunnel, sondern den Weg zum Schloss, denn der ist belebt von Studenten, die zu Fuß oder mit dem Rad von ihrer Chorprobe, Kneipentour oder Arbeitsgruppe kommen.

Es ist dämlich, allein durch die Stadt zu spazieren, denkt er, es ist überhaupt dämlich, allein zu spazieren, egal wo, in der Stadt, auf dem Land, durch den Wald, es ist dämlich allein. Es wäre auch dämlich, allein in eine Kneipe zu gehen, Wasser zu trinken und anderen beim Besoffensein zuzusehen. Es war dämlich gewesen, aus dem Haus zu gehen.

Bei Christine brennt kein Licht mehr, und er zieht leise die Tür ins Schloss, hängt die Jacke an den Haken und stellt den Fernseher an. Ohne Ton. Er nimmt seine Strat und spielt, aber nicht wie früher einfach irgendwas, sondern

Läufe, Riffs, Figuren, denen er zuhört, auch wenn es nur das kleine akustische Zirpen und Klingeln ist: Er übt. Vielleicht wird er wieder spielen, echte Musik mit echten Musikern für echte Menschenohren, bis dahin muss er fit sein, die Fingerspitzen direkt mit dem Hirn gekoppelt haben. Oder mit der Seele. Und irgendwann ist er endlich müde und geht schlafen.

—

Nicks Exfrau Janet hatte ihm den Weg am Telefon erklärt und ihr Haus beschrieben, aber er war lange durch ähnlich aussehende Straßen geirrt, mit ähnlichen Häusern, die meisten hellblau oder weiß gestrichen, auf ähnlich großen rechteckigen Grundstücken, mit silbernen oder weißen Briefkästen am Anfang der kurzen Wege, die über Rasenstücke mit jungen Bäumen zu den Hauseingängen führten, bis er endlich den blauen Briefkasten mit der Aufschrift J. Schelsky entdeckte. Sie saß auf der Veranda, legte irgendwas beiseite, winkte ihm, stand auf und kam ihm entgegen.

Nick musste gut von ihm gesprochen haben, denn Janet empfing Benno mit solcher Herzlichkeit, dass er sich wie ein Freund oder Bruder fühlte, sie schenkte ihm selbst gemachte Limonade ein, fragte ihn aus, nach seiner Reise durch die Staaten, nach seinem Leben in Deutschland, danach, wie ihm Amerika gefalle, ob er Heimweh habe – sie zog ihm Geständnisse aus der Nase, die er nie hatte preisgeben wollen. Nach weniger als einer Stunde wusste sie von Daniel und Christine, von seiner Flucht, von seinem Gefühl, der Nowhere Man zu sein, von der Scham, die er empfunden hatte beim Spielen zynischen Musikmülls, und der Sehnsucht, sein Talent wieder für gute Musik einzusetzen. Dabei hatte er doch nur Nicks Adresse oder Telefonnummer von ihr gewollt. Er war darauf eingestellt gewesen, eine Tasse Tee oder Kaffee zu trinken, einen Zettel in Empfang zu nehmen und wieder abzuhauen, stattdessen stellte er am Abend seinen Camper hinters Haus, schlief am übernächsten Tag schon in Janets Gästezimmer und nach zwei Wochen in ihrem Bett. Sie war so gelassen, unkompliziert und freundlich, dass er sich nach einiger Zeit wie angekommen fühlte, endlich angekommen an einem Ort, bei einem Menschen, in einem Leben, bei dem sich nicht spätestens am übernächsten Tag wieder alles ändern musste. Es war gut, wie es war, und sollte so bleiben.

Zwar sah ihn Janet manchmal auf eine Art von der Seite an, die ihm zu sagen schien: »Ich glaube nicht, dass du bleibst«, und sie sagte manchmal nach der Liebe oder morgens beim Aufwachen, »I'm not the magic woman, I'm just the real one«, und das klang traurig und fatalistisch, aber dann tröstete er sie und sagte irgendwas wie »the magic real one« oder »real is magic«, und es schien ihm wahr zu sein in diesen Momenten, er wollte nicht weg. Christine war nur noch eine Art Einbildung, so etwas wie eine Zeichnung ohne Farben auf durchsichtigem Papier, kein Mensch mehr, kein Ziel und kein Verlust.

Er spielte bald in zwei Bands, manchmal mit Nick, der inzwischen wieder in Nashville wohnte, und Warren zusammen in Demostudios für Vorproduktionen oder auf kleineren, von Fall zu Fall zusammengestellten Tourneen für Nachwuchstalente, die den Toursupport ihrer Plattenfirmen zur Verfügung hatten und ein paar Wochen lang davon träumen konnten, ihr Publikum damit zu erobern.

Wenn er nicht unterwegs war, brachte er Janet morgens zur Arbeit, holte sie abends ab und hatte eingekauft, gekocht, das Haus aufgeräumt und vielleicht sogar einige der Aquarelle, die sie malte, in Passepartouts und billige Rahmen aus dem Supermarkt eingefasst.

Er trank eine Menge, aber er war nie betrunken, fiel nie aus der Rolle und kam nie in die Verlegenheit, sich entschuldigen zu müssen. Irgendwann pflanzte er sogar Rosen im Garten und wurde der Liebling einiger Nachbarinnen, die sich immer öfter neidvoll lobend bei Janet über ihn ausließen.

Den Camper verkaufte er zu einem ziemlich guten Preis an einen Drummer, mit dem er hin und wieder in den Demostudios zusammen musiziert hatte. Sein Leben war in Ordnung. Er genoss es sogar. Und Janet mit ihren roten Haaren, dem breiten Lachen und den großen Händen, »the real woman«, war da und liebte ihn – er war am richtigen Ort.

—

Ob es vom Fauchen der Maschine oder dem kleinen dumpfen Pochen der Pumpe herrührt – seit diesem Morgen hat Benno Musik im Kopf. Keine eigene, er erfindet keine Melodien oder Figuren, aber ihm gehen lauter Songs durch den Kopf, die er längst schon vergessen zu haben glaubte. Er sucht seine Erinnerung ab nach Stücken, die er für die Produktion mit der mausäugigen Meike vorschlagen könnte. *Tramps And Hawkers* zum Beispiel, ein keltisch klingender Folksong, den er in Nashville eine Zeit lang gespielt hat, der würde ihr stehen, oder *Needle In The Hay* von der Gruppe Plainsong, *Motherland* oder *Owensboro* von Natalie Merchant und *The Swimming Song* von Loudon Wainwright. Er ist kaum bei der Sache vor lauter Musik im Kopf und muss sich hin und wieder zusammenreißen, um die Ohren aufzusperren, wenn vor ihm ein Gesicht die Lippen bewegt.

Ihm fallen fast ausschließlich getragene, traurige oder elegische Lieder ein, weil er Meike nur *Red Dirt Girl* hat singen hören und davon ausgeht, dass sie keine Hillbilly-Artistik oder Linedance-Animation will, sondern Innerlichkeit und starkes Gefühl.

»Krieg ich einen Cappuccino?«, fragt Christine. Sie steht vor ihm. Er hat sie nicht hereinkommen sehen.

»Klar«, sagt er und »Hallo« und macht sich an der Maschine zu schaffen. Es ist Freitagnachmittag, nicht mehr viel los, draußen hochsommerliche Hitze und fast alle sind aus der Stadt geflohen an den Baggersee, ins Freibad oder ins Wochenende, irgendwohin.

»Hast du Lust, heut Abend mit mir schwimmen zu gehen?«, fragt sie, als er ihr die Tasse hinstellt. »Ich hab Sehnsucht nach dem See.«

»Ich kann aber erst so gegen sieben hier weg.«

»Ist doch gut«, sagt sie, »dann nehmen wir was zu essen mit. Und Wasser für dich und Wein für mich.«

»Essen hab ich hier«, sagt Benno und deutet auf die Tramezzini und Baguettes, »wenn dir das recht ist.«

»Klar ist das recht. Dann bring ich Wein und Sprudel.«

Sie hat den Cappuccino ausgetrunken, klopft wieder wie beim letzten Mal mit drei Fingern auf die Theke, lächelt ihn an und sagt: »Klingel bei mir, wenn du fertig bist, ja?«

Benno nickt und hört schon wieder Musik im Kopf. Diesmal ist es *I've Had It* von Aimee Mann.

–

Er überlässt Valerio den Laden, Souad ist schon ins Wochenende verschwunden, und die drei alten Amerikaner, eine Dame und zwei Herren, sicher Professoren, werden wohl die letzten Gäste für heute sein. Seit einer halben Stunde juckt es Benno, Daniel anzurufen und die Produktion zuzusagen, außerdem hat er keine Badehose.

»Ich mach's«, spricht er Daniel auf den Anrufbeantworter, »aber du musst mir die Jungs aus Amerika auftreiben. Ich will unbedingt mit der Band spielen, die du damals in Nashville gehört hast. Ruf mich an, wenn du Zeit hast, dann geb ich dir die Namen durch – vielleicht sind sie ja noch in Nashville und spielen in der Carson Lounge. Sonst weiß Joseph, der Geschäftsführer, sicher, wo man sie auftreiben kann. Ach ja, ich habe auch noch die Adresse vom Pedal-Steel-Spieler, jedenfalls von seiner Exfrau, wenn die nicht umgezogen ist, geht's auch auf diesem Weg. Bis bald. Melde dich.«

Es gibt anscheinend nur hässliche Badehosen mit Streifen, Mustern oder Signets in grellen Farben. Benno geht, nachdem er den dritten Laden ohne Erfolg verlassen hat, über den Fluss zum einzigen großen Kaufhaus, aber auch dort muss er sich nach einigem Suchen und Wühlen damit zufriedengeben, die am wenigsten hässliche zu nehmen. Eine graue mit roten Vierecken, halb lang und locker. Als er sie bezahlt, denkt er, ist doch eigentlich egal, ich hätte auch die billigste nehmen können. Christine würde das verzeihen.

Die Stadt ist wie gelähmt von der Hitze, nur vereinzelte Passanten streben von Schatten zu Schatten, die Stühle vor den Cafés sind leer, und in den Läden langweilen sich die Angestellten, während sie so tun, als wären sie beschäftigt mit dem Zurechtlegen von Ware, und dabei gelegentliche Blicke nach draußen werfen, ob nicht doch jemand vorbei- oder hereinkommen will. Zehn, zwölf ältere Amerikaner bewegen sich in Grüppchen von der Kirche zum Schloss, sicher eine Delegation aus Ann Arbor, Michigan, der Partnerstadt, oder Teilnehmer irgendeines Kongresses oder Universitätsfestes übers Wochenende.

Valerio ist alleine im La Storia, er hat schon gefegt, die Tische abgewischt, die Zeitschriften sortiert für den Lesezirkelmann, der sie am Montag durch neue ersetzen wird, die Aschenbecher geleert und in die Spülmaschine geräumt. Er verabschiedet sich und geht, Benno hat länger gebraucht als versprochen, und Valerio muss hetzen, seine Verabredung hat schon zweimal angerufen.

Südstaatenhitze, denkt Benno, so fühlten sich die Nachmittage auch in Jackson oder Memphis an. Er macht sich einen Espresso macchiato und telefoniert mit Peter, der immer am Wochenanfang morgens um halb neun zum Auffüllen kommt. Die letzte halbe Stunde liest Benno in einer alten Zeitschrift, aber er kann sich nicht konzentrieren, er hat Musik im Kopf, den Baggersee, Christine, aber nichts bleibt haften, kein Gedanke hält still, alles wischt nur über irgendwas hinweg, ein Bild über das andere, ein Duft oder Klang über eine Szene oder ein Geräusch – endlich ist es sechs, und er kann gehen.

–

Daniel ist noch immer nicht zu erreichen, nur der Anrufbeantworter meldet sich, also nimmt Benno ein Handtuch über die Schulter, packt die Tramezzini und die Badehose in eine Plastiktüte und zieht die Tür hinter sich ins Schloss. Einen Moment überlegt er, ob er die Treppe hochsteigen und an der Wohnungstür klingeln soll, aber dann nimmt er den Weg nach unten und klingelt an der Haustür.

Es ist wie im Stau oder an der Supermarktkasse, man entscheidet sich immer für die falsche Schlange. Er hört ihre Stimme durch die Sprechanlage: »Kannst du hochkommen?« Sie klingt klein und matt.

»Was ist los?«, fragt er an der Tür, ein bisschen außer Atem, denn er hat sich beeilt und zwei Stufen auf einmal genommen. Sie sieht blass aus. »Ich bin irgendwie krank«, sagt sie, »ich glaub, ich kann nicht zum See.«

»Willst du allein sein?«

»Nein.«

Sie hat sich beim Joggen einen Sonnenstich eingefangen, hat leichtes Fieber und Kopfweh, alle Jalousien sind heruntergelassen, die ganze Wohnung ist helldunkel gestreift. Sie streckt sich auf dem Sofa aus, nimmt ein feuchtes Tuch und legt es auf ihr Gesicht. »Bleibst du ein bisschen da?«, fragt sie, und es klingt wieder so klein und ängstlich wie eben durch die Sprechanlage. »Ich werd kindisch, wenn ich krank bin. Ich will nicht allein sein.«

»Soll ich dir was vorlesen?«

»Nein. Nur da sein. Und reden.«

Aber sie reden nichts. Benno sitzt im Sessel und schaut sich die Lichtstreifen auf dem Boden an, Christine liegt da, streckt irgendwann ihre Hand aus nach ihm, er sieht es, nimmt die Hand und hält sie eine Weile, bis ihm der Arm von der ungewöhnlichen Haltung wehtut und er wieder loslässt.

»Tut mir gut, dass du da bist«, sagt sie.

Und dann vergehen wieder Minuten, in denen sich Benno die Stille anhört – es ist keine wirkliche Stille, denn von draußen dringen ein paar Verkehrsgeräusche und hin und wieder Stimmen herein, aber entfernt, durch ein gekipptes Fenster in einem anderen Raum, Daniels zukünftigem Arbeitszimmer, in dem bis jetzt nur Schreibtisch und Regale stehen und Kartons voller Bücher und CDs.

»Ist das da unten ein Versteck?«, fragt sie und hebt dafür das Tuch auf ihrem Gesicht an.

»Jede Wohnung ist ein Versteck«, sagt Benno.

»Nicht die Wohnung, das Café.«

»Da bin ich doch den ganzen Tag unter Leuten.«

»Die alle nichts von dir wollen.«

Er sagt nicht, was ihm auf der Zunge liegt, nämlich: doch, sie wollen Kaffee, denn sie hat ja recht. In der kurzen Zeit, die sie jetzt hier ist, hat sie erfasst, worum es geht: sich zu schützen, zu maskieren, den Neuanfang nicht zu gefährden und in einer Art Energiesparmodus durchs Leben zu kommen. Sie legt das feuchte Tuch zur Seite.

»Worauf willst du eigentlich raus?«, fragt Benno und weiß gleichzeitig, dass er die Antwort nicht hören will. Aber jetzt sind sie schon da gelandet, jetzt geht es nur noch vorwärts wieder raus aus der Enge dieses Wortwechsels, der Ecke, in die sie ihn mit dieser Frage manövriert hat – das Inquisitorische an ihr ist neu, denkt er, das hatte sie früher nicht.

»Du kommst mir vor wie abgeschaltet, wie auf Standby«, sagt sie leise, »oder wie auf der Flucht. Wie einer, der sich nicht erlaubt, die Nase aus dem Fenster zu stecken, weil er fürchtet, entdeckt oder erkannt oder verhaftet zu werden.«

Er schweigt und wartet auf den Rest der Beschreibung. Nicht lange. Sie schaut zur Decke, knüllt das Tuch in ihrer Hand – es ist nicht mehr so feucht, dass Tropfen austreten würden, dann streckt sie ihre andere Hand wieder nach ihm aus, er will gerade danach greifen, da zieht sie sie zurück und streift sich damit eine Strähne aus der Stirn.

»Du lebst wie jemand, der aus einer anderen Welt kommt. Oder aus einer anderen Zeit. Kein Computer, kein Auto, kein Handy, kein Anrufbeantworter, nicht mal Musik hast du bei dir. Außer der natürlich, die du selber machst. Daran ist es mir auch aufgefallen. Gestern Nacht, als du dieses schöne Stück gespielt hast, und ich hab's ganz leise, nur durch den Boden gehört, da hab ich so was wie deine Seele gehört. Ich weiß kein besseres Wort dafür, falls du den Ausdruck kitschig findest, musst du das jetzt halt mal verzeihen. Es war wie in einer Zeitmaschine, ich war wieder dort bei euch beiden, im Studio, in Frankreich, im grünen Haus – eure Musik ging einem sofort ins Innere, ohne Umweg über den Kopf, man hat sich reich gefühlt und war bewegt und wusste gar nicht, ob nun fröhlich oder traurig oder ergriffen oder was weiß ich, man war sofort in einer eigenen Welt, wenn ihr nur ein paar Takte gespielt habt. So war's gestern Abend auch, ich war wieder in dieser Welt. Ich nenne das deine Seele.«

Er schweigt.

»Ich glaube, du bist traurig und versuchst auf eine stoische und deine eigene Traurigkeit nicht ernst nehmende Art, damit umzugehen.«

»Ich brauch kein Handy«, sagt er, »und ich brauch keinen Computer. Was soll das? Wieso ist was falsch an mir, wenn ich dieses Zeug nicht benutze?«

Sie lässt sich nicht beirren von dieser unaufrichtigen Antwort, die sich am Symptom festbeißt, um von der Ursache abzulenken. Sie spricht weiter, konzentriert und nachdenklich, so als müsse sie die Gedanken erst suchen und sortieren: »Das mit der Seele hab ich gemerkt, als Daniel versuchte, ohne dich weiterzumachen. Er hat noch zwei Alben aufgenommen, war auf Tour mit sehr guten Musikern, hat sehr schöne Stücke gemacht, aber er hat genau gespürt, dass er ohne dich weniger als die Hälfte war, die Musik war schön und nichts weiter. Nur schön. Weil du nicht drin warst, war die Seele nicht drin, das, was einem so direkt in die Mitte reingegriffen hat. Dein Stück gestern Abend hat das. Daniels Stücke hatten das nicht. Er hat deswegen aufgehört. Er hat gemerkt, dass er nur mit dir zusammen was Besonderes war, ohne dich war's nur noch hübsch, er sagte, wie ein Rahmen ohne Bild oder wie ein Bild ohne Figuren – das hat ihm nicht gereicht. Ich weiß nicht, ob es ihm immer noch fehlt, ob er sich danach sehnt, wieder der Musiker zu sein, der er mal war, ich glaub's eigentlich nicht, er kommt mir lebendig und zufrieden vor, aber mir hat's gestern Abend schier das Herz zerrissen, als ich dich spielen hörte und dachte, wenn Daniel jetzt hier wäre, dann würde er heulen und nicht mehr aufhören damit.«

Sie schweigt einen Moment lang, aber Benno weiß, dass sie noch nicht am Ende ist, er wartet. Und sie spricht weiter.

»Du bist ein Musiker. Du musst Musik machen. Du bist

derjenige von euch beiden, der den Inhalt hatte. Daniel hatte nur was zur Form beizutragen.«

»Wieso denkst du so nach über mich?«, fragt er hilflos und noch immer auf der Suche nach einem Ausweg aus dieser Verhörsituation, inzwischen sogar eher einer Urteilsverkündung, der er sich weder gewachsen fühlt, noch gewillt ist, dem Druck einfach nachzugeben.

»Das tu ich, seit du weg bist«, sagt sie, »seit vierzehn Jahren.«

–

Ein paar Tage lang geisterten sie im grünen Haus herum wie Gäste, denen man ein falsches Quartier zugewiesen hat. Es ist immer schwer, nach einer Reise wieder zurückzufinden, aber diesmal war es noch schwerer, weil sie sich hier noch nicht eingelebt hatten, weil sie eigentlich noch gar nicht hier sein sollten – die Ferien waren abgebrochen worden – und weil Daniel und Benno nicht zusammen sein wollten. Daniel sagte nichts dergleichen, er benahm sich auch nicht so, dass Benno sicher sein konnte, aber wenn sie nicht probten oder irgendwas zu planen oder besprechen hatten, war er immer woanders, verkrochen in seinem Zimmer, im Garten, irgendwo, und las in einem dicken Fantasyroman, *Stein und Flöte* oder er tat zumindest so als ob.

Christine war beschäftigt – sie packte ihre Sachen zu Hause und wollte keine Hilfe dabei, erst wenn sie alles beisammen hätte und der Transport dran sei, sagte sie. Im grünen Haus herrschte Leerlauf immer dann, wenn sie nicht da war.

Benno fragte sich immer wieder, ob Daniel mit Christine geschlafen hatte, aber er fragte nur sich, nicht Christine, nicht Daniel. Waren sie zu dritt, dann versuchte er, aus ihrem Verhalten zu lesen, aber es blieb wie in Frankreich: Christine war inzwischen die Verbindung zwischen ihnen geworden – war sie da, war alles einfach und fühlte sich richtig an –, sie zog Daniel nicht vor, separierte sich weder mit ihm noch mit Benno, hielt den Kontakt immer zu beiden lebendig, und in diesen Momenten fühlte sich Benno auch wie früher eins mit Daniel, wusste, was der dachte, wollte, fühlte oder fürchtete, und wusste, dass es Daniel genauso ging. Christine war eine Art Adapter geworden für die Benno-Daniel-Einheit, die bisher ohne funktioniert hatte.

Und sie strebte keinen anderen Zustand an. Wie in Frankreich erlosch ihr Esprit und alles Strahlen, wenn sich für Momente oder Minuten ein Zusammensein zu zweit ergab. Es waren nie längere Zeiträume. Immer nur Momente oder Minuten.

—

Sie schafften es gerade noch, den Umzug zu bewerkstelligen, bevor Christine wieder arbeiten musste. Danach räumten Daniel und Benno ihr Bücherregal ein – sie hatte erstaunlich viele Bücher und nur wenige CDs, zogen eine Rigipswand zwischen ihrem Zimmer und dem Esszimmer ein, strichen sie weiß und hängten ihre Bilder auf, so, wie Christine sie am Abend zuvor an die Wand gelehnt hatte. Als alles fertig war, feierten sie den Einzug mit einem selbst gekochten Essen, bei dessen Zubereitung Christine die Führung übernahm und Benno und Daniel nur die Handlanger abgaben: Ratatouille mit Kartoffeln und Salat und hinterher Eis mit Birnenkompott. Sie deckten den Tisch im Garten und saßen dort mit einer Flasche echtem, teurem Champagner bis tief in die Nacht.

Weil Christine sich das wünschte, spielten sie einige Stücke, bis irgendwann eine zwar nicht unfreundliche, aber sehr energische Nachbarstimme hinter der dichten Ligusterhecke erklang: »Das ist sehr schön, aber ich muss jetzt schlafen.«

»Entschuldigung«, sagte Daniel halblaut in Richtung der Hecke, und »Gute Nacht«, sagte Benno. Sie legten die Gitarren in ihre Koffer und überspielten die entstandene teils verschwörerische, teils aber auch verlegene Stimmung, indem sie ihre Gläser erhoben und anstießen.

»Wann reden wir eigentlich mal über alles?«, fragte Christine, ohne dabei einem von ihnen ins Gesicht zu schauen.

»Im Reden sind wir nicht so stark«, sagte Daniel.

»Über was alles denn?«, fragte Benno.

»Uns. Uns drei. Was wir wollen.«

»Das merken wir dann schon«, sagte Daniel, und Benno hatte den Eindruck, es klänge eher ängstlich als gelassen. Aber er schwieg, denn er war sicher, das, was er wollte, käme nicht infrage. Er wollte Christine, und er wollte sie keinesfalls mit Daniel teilen. Hätte er Zeit gehabt, länger in sich hineinzuhorchen, dann wäre ihm vielleicht sogar bewusst geworden, dass er auch Daniel nicht mit Christine teilen wollte. Er wollte mit Daniel ohne Adapter auskommen und mit Christine alles erleben, was sich unter der Überschrift Liebe in einer geheimen inneren Kladde an Träumen und Phantasien angesammelt hatte.

Aber diese Zeit hatte er nicht, denn Christine sagte jetzt, wieder den Blick nach irgendwo gerichtet, ihr eben ausgetrunkenes Glas in der Hand, ohne es abzustellen, und mit einer nervösen Gebärde die andere Hand im Haar versteckt: »Vielleicht weiß ich überhaupt nicht, was ich will.«

Und dann, nach einer Weile, in der niemand sprach und keiner des anderen Augen suchte: »Oder ich trau mich nicht, es zu sagen.«

Und wieder eine Weile später: »Oder zu wollen.«

–

Am nächsten Tag fuhren sie nach München, um das Album zu mastern. Den Mix hatten sie auf zwei altmodischen Betamax-Kassetten in einem Metallköfferchen auf dem Rücksitz liegen, Wäsche für zwei Nächte dabei, und sie fuhren abwechselnd, Benno bis Ulm und Daniel den Rest der Strecke.

Sie hörten ihr eigenes neues Album, dann zum Vergleich das letzte von Towner-Abercrombie, dann wieder ihr eigenes, dann ab Augsburg *Hejira* von Joni Mitchell. Vielleicht weil er nicht am Steuer saß, sich auf nichts weiter als die Musik konzentrieren musste, hörte Benno zu, wie man es sonst nur mit Kopfhörern kann. Die souveränen und zugleich gewagten Bassvolten von Pastorius, die Flageoletts von Larry Carlton und das stoische, treibende Geschrammel von Mitchell, verwoben mit den Congas von Bobbie Hall beim ersten Stück machten das Fahren zum Flug und löschten alle Gedanken, die noch bis eben in seinem Kopf unterwegs gewesen waren. Es fühlte sich fast so an, als wenn sie selber spielten.

»Wir könnten auch einen Bass brauchen«, sagte Daniel, »und Keyboards.«

»Nein, nur wir zwei.« Benno wunderte sich über seinen eigenen Ton, so bestimmt und schnell redete er sonst nicht daher. »Das atmet nicht mehr gleich gut, wenn mehr Leute drin rumfrickeln.«

»Aber hier atmet's doch wie Hund«, Daniel deutete auf den Kassettenrekorder.

»Das ist Jaco Pastorius.«

»Dann holen wir eben den.« Daniel grinste.

»Aus dem Himmel?«

Das Gefühl, zu fliegen, verstärkte sich noch, als das nächste Stück begann. *Amelia.* Aber schon beim Ende des ersten Verses, bei der Zeile »it was just a false alarm«, war es, als griffe eine große, harte, unnachgiebige Hand um Bennos Magen und drücke langsam zu. Und auf einmal, als hätte jemand ein Buch in seinem Kopf aufgeschlagen, auf dessen Seiten nur der eine Satz stand: »Das alles ist vorbei.«, war Benno klar, dass dies ihr letztes Album sein würde, ihre letzte gemeinsame Fahrt, die letzte Mastering-Session und das letzte Nachhausekommen hinterher. Er musste weg.

Als er diesen Gedanken begriffen hatte, war auch die Hand weg. Nichts mehr quetschte den Magen ein.

—

Beim Mastern saß er die meiste Zeit im Vorraum, las die herumliegenden Fachmagazine und überließ Daniel das Hinhören und Frequenzen anheben, absenken, komprimieren und die ganze Zauberei, mit der man inzwischen den Klang zum Strahlen bringen konnte. Immer wenn Stefan, der Masterer, und Daniel ein Stück so weit hatten, dass sie glaubten, es ginge nicht mehr besser, riefen sie nach Benno, der es sich mit frischen Ohren anhörte und hier und da noch einen Vorschlag dazu hatte. Es war umwerfend, was diese Technik vermochte. Ein fertiger Mix, der Tage gebraucht hatte, mit feinster Technik und größter Könnerschaft hergestellt worden war, klang im Vergleich zum Master wie Filz gegen Seide. Oder so, als hätte man das Licht hinter dem Sound ausgemacht.

Benno ging das nichts mehr an, er war eigentlich nicht mehr da. Er tat nur noch so, ging abends essen mit Daniel, dann ins Kino, hörte sich Daniels Pläne für eine ausgefeiltere Bühnenbeleuchtung an, hörte ihn von Computern schwärmen – er hatte im Studio einem Musiker über die Schulter geschaut und war hingerissen von der Möglichkeit, Sequenzen und Beats einzuspielen. Benno widersprach nicht, wie noch auf der Fahrt hierher, als Daniel wieder davon anfing, einen Bassisten einbinden zu wollen, es war egal, Benno war aus diesem Projekt verschwunden, aus diesem Leben und, das wusste er seit dem Nachmittag, auch aus diesem Land.

Später konnte er nicht einschlafen, denn die Hand um seinen Magen war wieder da.

—

Irgendwann in der Nacht stand er auf und ging nach draußen, über die leere Maximilianstraße bis zu ihrem Ende oder Anfang, dann wieder zurück, und er hätte gerne irgendwo etwas getrunken, das Bild von Christine eingeweicht oder gar ausgewischt, wie sie auf Daniel ritt, langsam, schläfrig und sich in den Schultern und Hüften wiegte, dabei ihn, Benno ansah, indifferent, weder einladend noch abweisend, so als wäre es egal, ob er ins Geschehen einsteigen wollte oder nicht, und er stand angewurzelt wie in einem Albtraum, konnte nicht weg, sich nicht bewegen, nicht einmal den Blick wenden von diesem, wegen Christines Anblick, anziehenden und, wegen Daniels Gegenwart, abstoßenden Bild. Nichts mehr hatte offen, keine Kneipe, keine Bar, die Stadt war ausgestorben. Als er wieder beim Hotel ankam, setzte er sich auf die Stufen und rauchte.

Vor seinem inneren Auge sah er den Zettel, den er schreiben würde: Ich bin weg, für lange oder für immer, bitte verkauf meine Sachen und zahl das Geld auf mein Konto ein. Es tut mir leid. Es geht nicht anders. Benno.

—

Daniel merkte nicht, dass Benno nur noch eine Maske war, die Antworten gab, bei der Arbeit bis zum Nachmittag und bei der Fahrt nach Hause, beim improvisierten Abendessen mit Christine, die erst am nächsten Tag mit ihnen gerechnet hatte und nur Butterbrot, Radieschen und einen kleinen Rest Käse dahatte, beim Anhören des Masters auf CD hinterher, niemand, nicht Christine, nicht Daniel merkte was, nur Benno wusste, dass er am nächsten Tag zur Bank gehen würde, um sein Konto so einzurichten, dass er telefonisch damit umgehen konnte, und dann zum Bahnhof, nach Frankfurt und dort ins nächste Flugzeug nach Amerika. Das war weit genug weg.

Sie schliefen nicht mehr zu dritt wie in Frankreich, jeder

ging in sein eigenes Zimmer. Benno umarmte Christine, zog sie an sich und küsste sie auf beide Wangen, die Umarmung war fester und besitzergreifender, als er je gewagt hatte, er spürte ihren Körper an seinem, sah ihren erstaunten, aber nicht widerwilligen Blick, sah dann, wie sie schnell zu Daniel hinsah, ob dem diese Umarmung zu weit gehen könnte, aber der war schon auf der Treppe nach unten, drei leere Flaschen im Arm, die er noch in den Keller bringen wollte.

»Gute Nacht«, sagte Christine, als sie sich aus Bennos Umarmung löste. Es klang wie eine Frage.

—

Daniel schlief noch, und Christine war schon in der Klinik, als Benno den Zettel auf den Esstisch legte, den kleinen Metallkoffer nahm, in dem sie Mix und Master transportiert hatten, und die Tür hinter sich schloss. Er ließ den Wagen stehen, nahm den Bus zur Stadt und von der Bank – nachdem er alles erledigt hatte – ein Taxi zur Nachbarstadt, um sicherzugehen, dass Daniel ihn nicht am Bahnhof abfangen würde, falls er den Zettel zu früh entdeckte.

In Frankfurt nahm er den nächsten Flug ohne Zwischenstopp nach Atlanta und wartete darauf, dass die Hand um seinen Magen ihren Druck verringern würde. Aber das geschah erst irgendwo über dem Meer, nach Stunden, als die Bildschirme aktiviert wurden und ein Film begann, in dem sich Whoopi Goldberg in einem Kloster versteckte und als Nonne verkleidet für allerlei Chaos sorgte.

—

»Wir waren dir unendlich böse, dass du einfach verschwunden bist«, sagt Christine leise, »so böse, wie man auch einem Selbstmörder ist, der sich aus der Verantwortung für sein Leben stiehlt.«

»Ich hab die Verantwortung behalten«, sagt Benno ebenso leise.

»Vielleicht ja«, sagt Christine, »aber uns hast du im Stich gelassen.«

»Es wär nicht gegangen.«

»Woher weißt du das?«

Darauf gibt es keine Antwort, also schweigt Benno. Er hätte sich gern gewehrt gegen diesen vorwurfsvollen Ton, aber Christine ist krank und im Recht, er hat sie sitzen lassen. Wenn sie seine Not, das, was ihn damals getrieben hat, nicht sehen will, dann eben nicht. Er muss nicht betteln um ihr Verständnis. Er muss um überhaupt nichts mehr betteln. Auch wenn er Daniel dankbar ist für die Chance mit dem Café – das, was daraus geworden ist, ein gutes Geschäft nämlich, hat er selbst daraus gemacht. Mit den richtigen Leuten, dem richtigen Konzept, der richtigen Einstellung und dem richtigen Kaffee. Und vor allem mit Fleiß und Geduld.

»Daniel war total fertig«, sagt Christine, »am Anfang hat er gedacht, du bringst dich um. Erst als der Bankmensch diskret signalisierte, dass auf deinem Konto Bewegung herrscht, hat er die fixe Idee aufgegeben. Und erst als deine Mutter ihm erzählte, dass du ihr eine Karte aus Amerika geschrieben hast, hörte er auf, sich Sorgen um dich zu machen.«

»Was soll das eigentlich werden?«, fragt Benno, zwar noch immer leise und der Krankenzimmeratmosphäre angepasst, aber nicht mehr in der Lage, den aufkommenden Ärger, der schon in seiner Stimme mitschwingt, zu verbergen. »Eine Art Gerichtsverhandlung? Wirfst du mir meine Untaten vor?«

»Klingt das so? Das will ich nicht«, sagt sie, »ich will nur, dass du weißt, dass wir dich geliebt haben.«

»Ich euch doch auch. Deshalb bin ich ja weg.«

Eine Zeit lang schweigt sie, dann streckt sie wieder ihre Hand nach ihm aus. Er sieht es, nimmt die Hand und wartet. Ihre Hand ist nicht fiebrig heiß, und sie bewegt sich nicht in seiner, aber er spürt sie, als strahle Elektrizität von ihr ab.

»Und ich dachte, du kommst in mein Zimmer. Ich war noch ewig wach in der Nacht.«

Benno spricht nicht aus, was ihm auf der Zunge liegt, die Frage nämlich: »Was hättest du getan?«, denn er will die Antwort nicht hören, will nicht wissen, ob sie ihn in die Arme genommen oder weggeschickt hätte, beides wäre auf dieselbe Ausweglosigkeit hinausgelaufen. Er versucht, das Thema zu wechseln: »Hat Daniel je wieder psychotische Schübe gekriegt?«

»In der Zeit, die wir zusammen sind, nicht«, sagt sie, »ob davor, das weiß ich nicht. Wir haben nie darüber geredet. Er scheint das als Schande anzusehen, er will nicht dran erinnert werden.«

»Was heißt, in der Zeit, in der ihr zusammen seid? Wart ihr das nicht immer?«

Sie schweigt. Er überlegt, was an dieser Frage falsch sein könnte, wieso antwortet sie nicht, wieso zieht sie ihre elektrische Hand wieder zurück und legt sich das kaum noch feuchte Tuch aufs Gesicht? Das Tuch hat eine Mulde über ihrem Mund. Diese Mulde bewegt sich jetzt: »Ich bin am nächsten Tag wieder ausgezogen.«

»Wann?« Sinnlose Frage.

»Am Abend, als er mir deinen Zettel gezeigt hat.«

»Und wieso?«

»Weil ich es nicht ertragen konnte, dass ich euch auseinandergebracht habe. Ich konnte Daniel nicht in die Augen sehen, mir selber nicht, ich konnte Daniel, der am Boden zerstört war, nicht mal trösten, ich hätte selber Trost gebraucht, ich hab einfach alles stehen und liegen gelassen und bin zu einer Freundin gezogen.«

»Hat er das verstanden? Hast du es ihm irgendwie erklärt?«

»Ich bin wortlos abgehauen. Wie du.«

»Und später? Hast du es ihm *irgendwann* erklärt?«

»Er hat es nicht verlangt. Dafür bin ich ihm heute noch dankbar. Er hat nie verlangt, dass ich ihm das ins Gesicht sage.«

»Was genau?«

»Dass ich *dich* wollte. Nicht ihn. Ihn hätte ich nur in Kauf genommen, um dich nicht zu verlieren. Ich hätte es zu dritt versucht, weil ich wusste, dass ich nicht zwischen euch geraten darf, aber als du weg warst, war alles weg.«

—

Irgendwas hätte passieren müssen, hätte gesagt werden müssen nach diesem Satz, aber es blieb still, das Tuch auf Christines Gesicht blieb liegen, Benno saß da und horchte ihren Worten hinterher, und von draußen sägte der Sound eines Mopeds herein. Jetzt, nachdem es verschwunden ist, vielleicht den Berg hinauf, vielleicht stadtauswärts, hört Benno, dass im Bad ein Wasserhahn tropft.

Er weiß, dass er ein großes Gefühl haben müsste, erschüttert sein, erleichtert, verstört, eine Aufwallung von Liebe oder Scham bei sich feststellen oder den Impuls, Christine an sich zu ziehen, aber außer einem leichten, beherrschbaren Fluchtreflex ist da nichts. Er schaut sich das gestreifte Zimmer an und fühlt nichts. Vielleicht, weil die Zeit nicht stimmt. Er hätte das, was sie da eben gesagt hat, vor vierzehn Jahren hören sollen, jetzt ist er neununddreißig, ein ehemaliger musikalischer Fremdenlegionär und Säufer, der sich zwar in all den Jahren an Christines Bild festgehalten hat, aber nicht, um jetzt, all diese undeutlichen, verwischten Jahre zu spät, doch noch in ihre Arme zu fallen. Will sie das?

Er fragt nicht.

Und irgendwann klingelt das Telefon. Sie nimmt das Tuch von ihrem Gesicht, schaut sich suchend um, Benno, der den Apparat im Regal hat liegen sehen, steht auf, holt ihn und gibt ihr das Ding in die Hand. Als sie sich meldet, deutet er ein stummes »ich geh runter« an und lässt sie allein. Es ist Daniel, das bekommt er noch mit, bevor er die Tür hinter sich ins Schloss zieht. Es klingt, als frage Daniel nach ihm. Christine sagt: »Keine Ahnung, vielleicht weg, oder er hat Kopfhörer auf und hört nichts. Soll ich ihm was ausrichten?«

Benno hat ihren Duft noch in der Nase und spürt ihre Hand noch in seiner, als er unten in der Wohnung steht und sich zu nichts entschließen kann. Nicht sich hinzusetzen, nicht die Gitarre in die Hand zu nehmen, nicht einen der Tramezzini zu essen oder einen Schluck Wasser oder Saft zu trinken, den Fernseher anzuschalten, nicht einmal die Tür hinter sich zu schließen, kommt ihm in den Sinn. Er steht einfach da und wartet darauf, etwas Größeres als Gleichgültigkeit und gelinde Überraschung zu fühlen.

Das Einzige, was sich nach und nach einstellt, ist Ärger. Auf Christine, die sich so selbstgerecht und fordernd gibt, als habe er sich zu rechtfertigen für seine Abwesenheit, als habe er ihr etwas angetan, nur weil er klarer als die beiden gesehen hatte, dass die Zeit der Tanner-&-Krantz-Doppelexistenz so oder so vorbei war, ob nun Daniel und Christine ein Paar geworden wären oder Benno und sie oder ob sie eine Zeit lang als Menage à trois überlebt hätten – die Benno-Daniel-Einheit war Geschichte ab dem Augenblick, in dem sie ihre Muse gefunden hatte.

Das ist Kitsch, denkt er, eine Frau, die einen Männerbund sprengt, das ist ein Countrysong, das ist der Inhalt von *Tennessee Waltz*, ein Schleimgeiger-und-Jammerlappen-Text für Leute mit Schnurrbart, aber egal, was es ist, ob Kitsch oder Tragödie, er hat es schon damals in Biarritz kapiert, als Christine ihren Dänen vernascht und Daniel seinen Kotzfladen studiert hatte. Das richtige Leben, das Leben von Tanner & Krantz war das kurze Strahlen eines Meteors gewesen, der im Verglühen erst sichtbar wird und nur die Strecke durch die Atmosphäre für seinen glanzvollen Auftritt zur Verfügung hat. Auch Kitsch, denkt er, aber mir egal. Wenigstens spür ich jetzt was.

Auch Ärger auf Daniel steigt in ihm auf. Hat der so lange an ihr herumgebaggert, bis sie endlich weich wurde? Obwohl sie durch ihren Auszug doch deutlich gezeigt hatte, dass er nicht ihr Ziel gewesen war? Hätte Daniel nicht als wirklicher Freund auf die Suche nach Benno gehen müssen, um ihm zu sagen, dass Christine frei für ihn war? Stattdessen hat er sich zur zweiten Wahl gemacht und die schöne Frau eingesammelt, weil sie übrig war. Schwach.

Noch immer tut Benno nichts, als einfach dazustehen, die Arme rechts und links an sich herunterhängen zu lassen und in den Hausflur zu horchen, ob Christine oben ihre Tür öffnet, herunterkommt, ihre Arme um ihn legt und irgendetwas sagt oder tut, um seinen Ärger, der sich inzwischen in Selbstmitleid verwandelt hat, verschwinden zu lassen. Aber sie kommt nicht. Und irgendwann schließt er die Tür.

—

Janet und ihre Freunde schafften es nach und nach, Bennos teils wehleidige, teils aber auch snobistische Touristenarroganz, diese lächerliche europäische Überheblichkeit, in die er sich, unbemerkt, wie er glaubte, immer wieder zurückzog, zum Verschwinden zu bringen. Mit ihrem Witz und ihrer Intellektualität zeigten sie ihm ein ganz anderes Amerika als das, von dem er sich bisher innerlich so leicht hatte fernhalten können. Ein Architekt, der Holzhäuser baute, seine Frau, die eine Eventagentur betrieb, ein Lehrerehepaar, ein Arzt, ein Schriftsteller, die Bürgermeisterin einer nahe gelegenen Kleinstadt und ein

Kollege von der Stadtverwaltung trafen sich nahezu jede Woche bei Janet, kochten gemeinsam, diskutierten, tranken Wein, sahen sich Filme auf Video, später auf DVD an, machten kleine Touren miteinander oder besuchten Konzerte. Mit ihnen hörte er Paul Simon, Mark Knopfler und Randy Newman.

Benno begriff, dass er bisher nur den provinziellen Teil des weißen Amerika kennengelernt hatte, das Countrypublikum. Das war etwa so, als glaube er, die Deutschen nicht zu mögen, nachdem er in den Bierzelten Bayerns auf sie gestoßen war – am urbanen und weltläufigen Amerika, dem Amerika, dessen Bücher, Musik und Filme sein Weltbild geformt hatten, war er ohne Seitenblick vorübergegangen.

Auf einmal war dieses Land gastlich, großzügig, interessant und voller Energie für ihn – er fühlte sich aufgenommen und verschwendete kaum noch einen Gedanken an das ferne und farblos gewordene Deutschland.

Als Musiker war er allerdings festgelegt auf Folkrock und New Country. Das, was er konnte, war in einer normalen Rockband oder beim Blues, Soul, Jazz oder wo auch immer sonst nicht zu gebrauchen. Er war kein Solist und kein Muskelmucker, sondern ein filigraner Netzknüpfer, ein Ensemblegitarrist, dessen rhythmischer Horizont inzwischen nicht mehr über Drei- und Viervierteltakt hinausreichte. Darin war er allerdings inzwischen gut, und die Band, die er mit Warren, Nick und Stephen und einer Kontrabass spielenden Sängerin namens Kate zusammen hatte, konnte sich die Finger wund spielen, so gefragt waren sie auf Galas, Geburtstagen, Hochzeiten und immer öfter auch in den Demostudios.

Dass er nichts weiter als ein Dienstleistungsmusiker war, gefiel Benno – ein Handwerker zu sein, oft genug auch Kitsch und sentimentale Herzverschmutzung mitzuverantworten, machte ihm nichts mehr aus, er hatte gelernt, die seltenen besonderen Momente zu genießen, sich innerlich zu verneigen, wenn eine ähnliche Magie wie die, die er mit Daniel erzeugt hatte, sich zufällig ergab, sei es, weil die Band sich plötzlich spürte und gegenseitig beflügelte, sei es, weil ein Publikum das gewisse Etwas mitgebracht hatte. Es war ein Geschenk, reine Glücksache, und überraschte ihn selbst umso mehr, als er gelernt hatte, darauf nicht mehr aktiv hinzuarbeiten.

Ein solcher Moment ereignete sich auf einem Stadtfest in Chattanooga, als sie zum ersten Mal *Road to Glory*, einen alten Song der Ozark Mountain Daredevils, spielten, den Nick ausgegraben und vorgeschlagen hatte – es war am Vormittag, und der Himmel riss auf, genau in dem Augenblick, als nach einem langen Intro, das nur aus einem hohen, sirrenden A auf der Geige, der Mandoline und der akustischen Gitarre bestand, die Band einsetzte und Kate die erste Zeile sang. Mit dem Strahlen des D-Dur-Akkords breitete sich auch das Strahlen der Sonne über den Platz, und ein kollektives Einatmen ging durchs Publikum, Frauen mit Kinderwagen, einkaufende Rentner, ein paar Touristen, fliegende Händler und Flohmarktleute – für einen Moment geriet die ganze Szenerie ins Schweben. Benno sah, wie der Mixer die Augen schloss, den Kopf in den Nacken legte und seine Arme ausbreitete, als empfange er eine göttliche Segnung, da entstand Unruhe unter den Zuhörern, jemand rief: »Watch TV« Benno suchte den Störer – er dachte, irgendein gesellschaftskritisch aufgerüsteter Irrer –, konnte ihn nicht ausmachen in der Menge, in die Bewegung gekommen war – immer mehr Leute drängten in eine Richtung. Der schöne Moment hatte gerade mal drei Wimpernschläge gedauert. Hoffentlich keine Schlägerei, dachte er noch, als er auf h-Moll wechselte, dann sah er den Mixer winken und gestikulieren, gleichzeitig seinen Kopf zum Veranstalter neigen, der ihm irgendwas ins Ohr sagte. Sie brachen ab.

Jetzt rannten alle zu einem Waschsalon, vor dessen Eingang sich Gedränge gebildet hatte. Benno sah, als er seine Gitarre in den Ständer stellte und den Amp herunterdrehte, dass dort ein Fernseher aus der Tür getragen und auf den schnell frei geräumten Tisch eines Flohmarkthändlers gestellt wurde. Er sah, als das Gerät angeschlossen war und das Bild kam, etwas Langes, Senkrechtes, blauen Himmel, Rauch, und er hörte einen kollektiven Aufschrei, sah einen Feuerball und noch mehr Rauch. Er setzte sich auf den Bühnenboden.

Nach einiger Zeit kam Stephen, die Geige in der Hand, als hätte er sie vergessen oder sei sie etwas Nebensächliches, Banales wie eine Einkaufstüte oder Zeitung, nicht ein kostbares Instrument, und sagte: »Go. See it. I take care of the stage.«

Es herrschte ein grausiges Schweigen in der dicht gedrängten Menge, durch die sich Benno wand und drängelte, bis er die Fernsehbilder sehen konnte. Die meisten Leute weinten, aber fast alle ohne Geräusch, manche starrten auf den Bildschirm, manche hielten ihre Handys, als hätten sie vergessen, dass sie telefonieren wollten. Der eine Turm brannte, und in den zweiten flog wieder und wieder und wieder das Flugzeug durch den klaren Septemberhimmel und verwandelte sich in einen Glutball im Augenblick des Aufpralls.

–

Lange Zeit schien es, als wolle niemand den Platz verlassen. Inzwischen waren noch mehr Fernseher herausgeschafft worden, und die ganze Straße stand voller Menschen in jetzt kleineren Gruppen, die sich wieder und wieder dieselben Bilder ansahen. Das Schweigen war einem Murmeln und Summen gewichen, immer wieder unterbrochen von den Schreien Einzelner, die erst jetzt dazustießen und ihr Entsetzen nicht unterdrücken konnten.

Die Band hatte abgebaut und eingeladen, die meisten der Händler ebenfalls. Benno saß mit den anderen an der Bühnenkante, Warren hielt Kate im Arm, die noch immer weinte, als wolle sie nie wieder damit aufhören, Nick rauchte, und Stephen starrte vor sich hin, als studiere er die Beschaffenheit des Bühnenbodens zwischen seinen Oberschenkeln.

»Lets leave«, sagte Nick irgendwann, und sie stiegen in ihren Truck und fuhren schweigend zurück nach Nashville. Benno fuhr, er war froh, am Steuer sitzen zu können, etwas zu tun zu haben, etwas für die anderen zu tun, denn er fürchtete, sie könnten glauben, ihn ginge das alles nichts an. Er sehnte sich nach Daniel wie nie bisher, er hätte jetzt gern mit ihm geschwiegen, diesen Schock mit ihm gemeinsam beschwiegen, nicht mit lauter Amerikanern, die ihn vielleicht von ihrem Kummer ausschließen würden. Er hatte vorher, beim Anblick der Fernsehbilder nicht geweint, jetzt bei der Erinnerung daran, weinte er.

»Hey«, sagte Nick, der neben ihm saß und legte eine Hand auf Bennos Unterarm.

–

Vor Janets Haus, nachdem er alle, bis auf Warren, bei sich abgeladen hatte, nahm er die Gitarre aus dem Laderaum und klopfte aufs Blech der geschlossenen Tür, um Warren zu signalisieren, dass er losfahren konnte. Er sah dem Wagen nicht hinterher und ging die paar Meter zum Haus, er hatte Angst, Janet könnte da sein, er wusste nicht, wieso, er wusste nur, der einzige Mensch, mit dem er jetzt zusammen sein wollte, war Daniel, der weit weg irgendein unbekanntes Leben lebte, vielleicht sogar schon tot war. Benno hatte nie gelernt, mit Computern umzugehen, hatte sich nie für Internet und E-Mail, Digitalaufnahme und Samples interessiert und sich nie nach Daniel erkundigt oder umgesehen. Jetzt hätte er gern gewusst, ob er überhaupt noch lebte. An Christine dachte er nicht. Und Janet war nicht da.

Als sie am frühen Abend nach Hause kam, war Benno schon so betrunken, dass er sie nicht mehr erkannte. Jemand legte eine Decke über ihn und schaltete den Fernseher aus, das war alles, was er im Nebel registrierte. Er war in einem fremden Haus in einem fremden Land, und eine fremde Frau legte die Decke über ihn.

–

Er hört oben Christines Tür, dann ihre Schritte auf der Treppe und öffnet. Sie bleibt auf dem Treppenabsatz stehen und sagt: »Ich kann grad irgendwie nicht allein sein.« Er schließt die Tür hinter sich und folgt ihr nach oben.

»Daniel sagt, du machst die Produktion für Meike«, sagt sie, als er ihre Wohnungstür schließt.

»Warum hast du ihm nicht gesagt, dass ich da bin?«, fragt er.

»Weiß nicht«, sagt sie. Dann sieht sie ihn an, macht eine kleine, unschlüssige Bewegung in keine bestimmte Richtung, so als habe sie einen Impuls im Augenblick des Bewusstwerdens gleich wieder vergessen. »Ich find's gut, dass du Musik machst. Ich freu mich jetzt schon drauf, das zu hören.«

Sie holt eine Flasche Wasser und ein zweites Glas für ihn aus der Küche und geht auf den Balkon. Er folgt ihr.

»Hat Daniel mich eigentlich zufällig gefunden, oder hat er nach mir gesucht?«

»Er hat gesucht«, sagt sie und lehnt sich an das grün gestrichene Holzgeländer, »seit dem elften September hat er wie verrückt gesucht, hat jede Woche mindestens einmal eine halbe Nacht im Internet herumgestöbert nach deinem Namen und alles gelesen, was er über dich finden konnte, aber es war immer nur altes Zeug aus eurer gemeinsamen Zeit. Konzertberichte, Plattenlisten, Fanzeugs, erst nach über einem Jahr ist er dann auf eine amerikanische Seite gestoßen, in der etwas über Nashville stand. Mit deinem Namen in irgendeiner Bandbesetzung.«

Bis jetzt hat sie über die Dächer geschaut beim Reden,

aber nun dreht sie sich zu ihm um, so als wolle sie die Wirkung ihrer Worte in seinem Gesicht überprüfen. »Ich habe ihm zugeredet, dass er hinfährt. Er hat sich nicht getraut. Er hatte Angst, du lässt ihn abfahren. Willst nichts mehr von ihm wissen.«

»Warum?«

»Warum er Angst hatte? Das weiß ich nicht. Vielleicht weil er mit mir zusammen war. Oder weil er deinen Wunsch nicht respektierte, dass du nichts mehr mit ihm zu tun haben wolltest. Und mit mir.«

»Nein, warum er mich gesucht hat. Wollte er wieder Musik machen?«

»Nein.«

»Was dann?«

»Er dachte, es geht dir schlecht.«

»Und du? Hast du das auch gedacht?«

»Ja.«

Sie schaut wieder über die Dächer, lässt ihn diskret mit seiner Reaktion auf diese Neuigkeit allein. Und diese Reaktion steigt ihm von den Zehen langsam in den Körper: Scham. Und Ärger. Ärger über die Scham zunächst, aber dann auch Ärger über Daniel und Christine. Die beiden Samariter stöbern den abgestürzten Versager unter seiner Brücke auf und holen ihn nach Hause, wo sie ein Nest für ihn bereitstellen, in dem er Schutz hat vor der bösen Welt, mit der er nicht zurechtkommt. Die reichen Geschwätzgewinnler und Heiße-Luft-Verkäufer leisten sich ein Mäzenat, päppeln den armen Musiker, der keine zweite Option hat, sich nicht mit Scharlatanerie für sozial amputierte Managertypen aus der Sackgasse schleichen kann, und spendieren ihm eine bescheidene, aber ehrbare Existenz als Kaffeebudenfuzzi. Er hätte Lust, Christine zu ohrfeigen. Er tut es nicht. Er steht nur da und schaut wie sie über die Stadt. Und schweigt.

–

Das Gemisch aus Enttäuschung, Scham und Zorn ist irgendwann in einer inneren Schublade verschwunden, abgelegt zur späteren Entsorgung oder Verwendung, und Benno lauscht dem nächtlichen Summen, Klappern und gelegentlichen Fauchen der Stadt, während Christine in der Küche mit einer Eierflockensuppe beschäftigt ist, die sie dann in zwei Schalen auf den Balkon bringt, zwischen die Finger zwei Scheiben Brot, zwei Löffel und zwei Servietten geklemmt. Er nimmt ihr ab, was er auf einmal greifen kann, und stellt es auf das breite Holzgeländer.

»Ich will heut Nacht hier draußen schlafen«, sagt sie zum Klappern des Löffels in ihrer Suppenschale. »Hilfst du mir, die Matratze rauszuschaffen?«

Er nickt.

»Und würdest du bei mir bleiben? Nur so. Nur, damit ich nicht allein bin. Mir ist so schwummrig und fiebrig und fies.«

Er nickt wieder. Und schließt die innere Schublade endgültig, schaut in den Himmel – kein Wölkchen. Mit Regen ist in dieser Nacht nicht zu rechnen.

»Geht mir besser«, sagt sie, »Kopfweh ist weg«, nachdem sie den letzten Rest Suppe aus ihrer Schale getrunken und den letzten Bissen Brot geschluckt hat. Sie greift nach Bennos Schale, die schon eine Zeit lang leer ist und deutet mit fragendem Blick auf das Stückchen Brot, das er noch vor sich auf dem Geländer liegen hat. »Isst du das noch?«

»Ja«, sagt er und steckt es in den Mund.

Er folgt ihr nach drinnen, und nachdem Geschirr und Besteck in der Spülmaschine verstaut sind, ziehen sie die Matratze aus dem Bett und schleppen sie gemeinsam auf den Balkon. Christine bringt Laken und Decke und verschwindet ins Bad, nachdem sie aus Daniels Zimmer noch ein Kissen für Benno geholt hat.

—

»Bist du überhaupt schon müde?«, fragt sie, als er sich neben ihr auf den Rücken legt und nicht weiß, ob ihn ihr Körper so nah an seinem erregt oder kaltlässt, ob ihn ihre Zielstrebigkeit, mit der sie ihn ins Bild setzt, ihm den Fehler seiner Flucht vor Augen hält, und die Eile, mit der sie ihn an sich ziehen zu wollen scheint, ob ihn all das nun tröstet oder erleichtert oder im Gegenteil etwa abstößt.

»Ich weiß es nicht«, sagt er, »das merk ich dann schon noch. Du?«

»Ja. Aber auch nervös. Vom Fieber.«

Na klar, denkt er, vom Fieber. Nicht von mir. Aus irgendeinem Grund will er sich über sie ärgern. Er ist in einer Stimmung, in der sie nur das Falsche sagen oder tun kann. Vermutlich liegt er hier nur aus Feigheit, weil er nicht Nein sagen wollte. Nicht, um ihr eine Freude zu machen, ihr das Kranksein zu erleichtern oder Gespenster zu vertreiben, geschweige denn, dass er für sich selbst hier liegen will. In ihrer Nähe sein. Er hört dem Verkehr zu und empfindet so etwas wie Schadenfreude sich selbst gegenüber, als eine Vespa unten an der Ampel mit enervierendem Lärm startet.

»Jetzt auch von dem Moped«, sagt sie.

—

»Ich glaube, Daniel und ich machen uns was vor.« Christines Stimme knallt in seinem Ohr, und daran merkt Benno, dass er fast schon eingeschlafen war. Er braucht einen Moment, um zu reagieren, schiebt seine Füße unter der Decke vor, weil sie ihm zu warm geworden sind, und stützt sich dann auf den Ellbogen, um Christine anzusehen. »Wie? Ich meine, mit was?«

»Damit, dass er auch hierherziehen will. Ich habe den Eindruck, dass wir uns gerade trennen, es aber nicht zugeben wollen. Deshalb tun wir so, als räume er nur eben noch in Berlin auf und komme dann hierher nach. In Wirklichkeit will er bleiben, und ich will weg.«

»Und warum tut ihr das?«

»Was, das Vormachen oder das Trennen?«

»Trennen.«

»Vielleicht spürt er, dass ich in deiner Nähe sein will, und lässt mich ziehen.«

Benno horcht diesem Satz eine Zeit lang hinterher. Wieso ist sie so offen? Niemand ist so. Zumindest hat Benno noch niemanden erlebt, der sich so gradlinig und ungeschützt einem anderen Menschen ausliefert. Sie wirft sich ihm direkt an den Hals. So hätte man das früher, in der Zeit der guten Ratschläge, noch genannt. Und das, was sie sagt, klingt ein bisschen wie aufgeschrieben, und zwar nicht von ihr selbst, sondern von jemandem, der eine Art Drehbuch für sie verfasst hat, und sie liest den Dialog von einem Zettel ab, den sie in der Handfläche versteckt hält. Er hat viel zu lang geschwiegen. Er muss etwas sagen.

»Du kennst mich doch gar nicht«, sagt er, »du weißt nicht, wer ich bin.«

»Ich weiß, wer du warst.«

Sie liegt auf dem Rücken und lässt sich von ihm ansehen, die Augen geschlossen und die Decke bis zum Hals gezogen. »Bin ich dir zu direkt?«

»Nein«, sagt er, und das ist gelogen, aber es geht nicht anders, eine solche Frage kann nur ein Grobian mit Ja beantworten, und jetzt geschieht etwas Eigenartiges mit ihm: Er wird sich seiner Rücksichtnahme bewusst, und aus diesem Bewusstsein erwächst ihm eine starke Zärtlichkeit für sie, ein Gefühl, als müsse er sie beschützen, und sei es vor seinem inneren Aprilwetter, der ständigen Ambivalenz und diesem seltsamen Zustand, in dem er sich befindet: als belausche er sich und sie von nebenan und sei nicht mitten im Geschehen, läge nicht hier mit ihr unter den Sternen in duftender Bettwäsche vom nächtlichen Raunen der Stadt umgeben.

»Vergiss das alles bitte wieder«, sagt sie jetzt, »ich rede im Fieber. Bin nicht ganz da. Vielleicht schlaf ich ja schon und träume dich nur.«

»Oder ich träum dich«, sagt er und legt sich wieder auf den Rücken.

»Daniel braucht mich«, sagt sie, nachdem sie eine Zeit lang geschwiegen hat, »ich habe Unsinn geredet. Er würde mich nie ziehen lassen. Er würde mich nicht betrügen, und er würde alles tun, damit ich ihm nicht verloren gehe.

Er trägt mich auf Händen. Und er weiß, dass ich ihn nicht im Stich lasse. Bitte entschuldige. Ich weiß nicht, was in mich gefahren ist. Vielleicht freu ich mich, dass du da bist, und rede deshalb solchen Blödsinn.«

»War doch sowieso nur geträumt«, sagt Benno, »mach dir keine Gedanken.«

Jetzt setzt sie sich auf und greift zur Wasserflasche, schraubt sie auf und nimmt einen Schluck. Dann noch einen. Sie trinkt mit einer Andacht, als käme aus der Flasche Hilfe für ihre unsortierten Gedanken. So trinkt man Alkohol, denkt Benno, nicht Wasser – oder höchstens in der Wüste, da kommt die Rettung wirklich aus der Flasche. Mitten in einer Stadt mit Läden und Wasserleitungen ist solche Hingabe absurd.

»Er vertraut mir«, sagt sie jetzt, so als fange sie diesen Gedanken eben aus einem Schwarm vorbeiziehender Worte oder Sätze in ihrem Inneren, als wäre er flüchtig und rar und zerbrechlich.

Benno schweigt.

»Gib mir deine Hand«, sagt sie und dreht sich auf die Seite, von ihm weg, ihre Hand legt sie sich auf die Hüfte, er legt seine darauf und richtet sich so ein, dass seine Füße im Freien bleiben und sein Unterleib nicht zu nah an ihrem Hintern liegt.

—

Es schien, als wollten alle nach dem Anschlag ihr Leben ändern. Kate wurde schwanger und gab die Band auf, Nick und Stephen steckten ihre Ersparnisse in eine Beteiligung an der Carson Lounge, zu dieser Zeit ein heruntergekommener Schuppen, der eine Menge Energie und Einfallsreichtum verlangte, um wieder ins Geschäft zu kommen, aber deshalb billig war, Warren verschwand von der Bildfläche, um zusammen mit einer kanadischen Sängerin irgendwo in den Wäldern ihrer Heimat ein Album aufzunehmen, blieb verschollen und tauchte erst nach zwei Jahren mit beseeltem Gesichtsausdruck und bis auf die Knochen abgemagert wieder auf – er hatte bei einer Art von Indianerguru zu sich selbst und wer weiß wohin sonst noch gefunden.

Janet malte wie besessen auf eine Ausstellung hin, die sie in Kalifornien, in einem Ort namens Davis in Aussicht hatte, und Benno ließ sich von Nicks und Stephens Elan anstecken und arbeitete mit bei der Renovierung der Lounge, kellnerte dann eine Zeit lang, bis er die Bar übernahm, an der er allerdings immer nur in den ersten Stunden des Abends seinen Aufgaben gewachsen war – ab zehn, halb elf befand er sich in einer Art Schwebezustand, in fortgeschrittener Horizonterweichung, die Nick und den anderen nicht lange verborgen blieb und, nach einigen Abrechnungsfehlern und Beschwerden von Gästen, zu seiner Versetzung an eine harmlosere Stelle geführt hätte, wäre nicht ohnehin die neu zusammengestellte Hausband in Aktion getreten. Nick unterbreitete ihm verlegen, aber geradeheraus den Vorschlag, bis nach dem Gig mit dem Trinken zu warten. Benno versprach es und hielt sich dran. Aber er langte dann umso kräftiger zu und musste des Öfteren von einem der Jungs nach Hause gebracht werden, wo er dann der verschlafenen Janet als willenloses Bündel ausgehändigt wurde.

Sie beklagte sich nicht darüber, aber ihm war es immer

am nächsten Morgen so peinlich, dass er sich eine Zeit lang zusammenriss und die großen Schlucke für zu Hause aufsparte, dennoch passierte es ihm so etwa alle sechs Wochen, und er fühlte sich zusehends beschämter, lächerlicher und lästiger, und wenn dieses Gefühl zu stark wurde, begegnete er ihm mit verstärktem Erweichen.

Manchmal hatte er Angst, Janets Zuneigung zu versaufen, aber immer wenn er versuchte, aus ihren Worten oder der Färbung ihrer Stimme herauszuhören, ob es tatsächlich so war, dann erklang da nichts außer Freundlichkeit und Wärme. Sie schien es zu verkraften.

Die Carson Lounge konnte nicht viel zahlen – die anderen Musiker arbeiteten tagsüber alle im Studio oder gaben Unterricht, das konnte Benno nicht, weil er für beides zu eingleisig war, ein Spezialist für seine selbst erfundene Art der lyrischen Vernetzung.

Mit den dreihundert Dollar, die er in der Woche verdiente, kaufte er für Janet und sich das Essen ein, und es reichte noch für Drinks und neue Saiten. Mehr brauchte er nicht, denn er musste keine Miete bezahlen, kein Wasser, keinen Strom, er durfte nur nicht krank werden.

Die Lounge wurde ein Musikertreff und gelangte zu einem gewissen Ruhm – bald stand sie in den Reiseführern und tauchte in den Programmen mancher Bustouren als Plan B oder C auf, wenn die Grand Ole Opry ausverkauft war, weil es immer wieder vorkam, dass ein Star, der gerade in der Stadt aufnahm und sich hier nach dem harten Studiotag entspannte, spontan zur Band stieß und für Beifallsstürme sorgte. Danach mussten sie immer mindestens einen Set instrumental spielen, denn niemand wagte sich mehr auf die Bühne.

Als Nick eines Abends mitten in *Devils Dream*, einer instrumentalen Bluegrass-Nummer, breit grinsend zur Tür sah, sich verbeugte und eine schrille Kadenz spielte, die wie eine Fanfare klang und überhaupt nicht ins Stück passte, folgte Benno seinem Blick und sah einen dunkelhaarigen, schnurrbärtigen Mann mit Gitarrenkoffer, der eben eingetreten war und sich an die Wand lehnte. Dieser Mann lächelte zurück, winkte mit einer kleinen Gebärde der linken Hand und schien sich mit Nick in einem stummen Code, der aus Kopfnicken, Kopfneigen und Schulterzucken bestand, über irgendetwas einig zu werden. Direkt nach dem Stück sagte Nick: »Please welcome on stage my old friend John, who's here with us tonight.«

Der Mann hatte seine Gitarre ausgepackt, eine verschrammte Gibson, und kam zur Bühne, während das Publikum höflich klatschte und Nick ein zweites Gesangsmikrofon für die Gitarre justierte, dann vor das erste einen Barhocker stellte, den der Mann bestieg, während er die Band mit einem Kopfnicken und Lächeln begrüßte, Nick die Hand kurz auf die Schulter legte, seine Gitarre durchstimmte und einen Schaukelrhythmus in D-Dur zu spielen begann, in den die Band nach zwei Takten wie ein Mann einstieg.

Der Song schien allen außer Benno bekannt zu sein, er handelte von einer Linda, die zum Mars geflogen sei, und war die countrytypische Drei-Akkord-Komposition, bei der man einfach mitspielt, ohne etwas falsch machen zu können. Vom ersten Ton an war klar, dass dieser Mann führte und die Band sich ihm überließ. Das war selten, es geschah fast nur, wenn erfahrene Sänger auftraten, aber niemand im Saal schien diesen John zu kennen.

Als das Lied zu Ende war, klatschte das Publikum zufrieden, aber nicht euphorisch, der Sänger ging in ein zart gezupftes G-Dur über, Tyler trat nur die Bassdrum und Dave spielte den notorischen Wechselbass – auch diesen Song schienen sie zu kennen, denn Nick und Stephen spielten einen gemeinsamen Lick zwischen die Zeilen. Sie mussten früher mit diesem Mann zusammen musiziert haben.

Nach einem dritten Stück ging der Mann von der Bühne, sein Applaus war freundlich, aber als er seine Gitarre einpackte und Nick rief: »Ladies and Gentlemen – John Prine«, brach Jubel und Lärm aus, den der Mann gelassen an sich vorbeirauschen ließ, während er zur Bar ging und sich den Drink nahm, der dort schon für ihn bereitstand.

Benno ging in dieser Nacht zu Fuß nach Hause, und er hörte einen der Songs, den ersten, über Linda, die zum Mars flog, im Kopf – dabei wurde er sich wieder dessen bewusst, was diese simple Musik so unwiderstehlich machen konnte: Charakter. Sobald man die dummen Hüte, albernen Schnürsenkelkrawatten und bestickten Hemden abzog, sich nicht mehr an der gleichförmigen Instrumentierung und gelegentlich hysterischen Emphase störte, dann konnte dieses Genre lakonisch, kraftvoll und individualistisch sein, trotz des engen Rahmens, in dem man sich bewegte. Und selbst ein Nonsenstext wie dieser konnte einem guten Song nicht schaden. Vielleicht war das auch in anderen Musiksparten so, aber von Country hätte Benno es nicht erwartet, bevor er mittendrin gelandet war.

Der große Schluck fiel aus, Benno nippte nur ein bisschen an seinem Glas, während er Janets CD-Regal nach

Alben von John Prine durchsuchte, und als er eines fand, hörte er es mit Kopfhörern und geschlossenen Augen durch, ohne dabei müde zu werden.

–

Daniel spielt Gitarre. Im Schneidersitz, direkt vor ihnen. Er ist nackt, sitzt am Strand, nur wenige Meter von Benno und Christine entfernt, und zupft etwas, das wie *Willy O'Winsbury* von Pentangle klingt. Sein Gesicht ist tränenüberströmt, hat aber einen stoischen, leeren Ausdruck, er wendet den Blick nicht ab, schaut stur auf die beiden nackten Körper, die im flachen Wasser aneinandergeschmiegt liegen und sich mit ruhigen Bewegungen der Liebe überlassen.

Es riecht falsch. Nicht fischig oder teerig, wie es zum Strand passen würde, sondern metallisch und faulig. Daniel tut ihm leid, aber Benno kann nichts an der Situation ändern. Die freundliche, kühle Nässe an seinem Körper, die Wärme von Christine, das Anschwellen des Gefühls von Sehnsucht und Erfüllung zugleich, das alles ist viel stärker, es ist zwingend, es kann nicht unterbrochen werden, sein Mitleid mit Daniel reicht als Grund dafür nicht aus.

Und dann ist Daniel verschwunden. Der Strand, das Meer, die Gitarre, alles verschwunden, und während Benno noch denkt, das ist doch schon wieder ein Song, die Gitarre und das Meer, wird ihm bewusst, dass der Geruch auf einmal zur Umgebung passt, weil er auf dem Balkon liegt, dass die Decke auf ihm, die Matratze unter ihm und die Bretter des Bodens ringsum nass vom Regen sind, der sich in ruhigen, dünnen Fäden auf sie ergießt, ein dichtes Nieseln – aber nicht verschwunden ist Christines Wärme, das Aneinanderschmiegen ihrer Körper, das anschwellende Gefühl und die Tatsache, dass sie sich der Liebe überlassen. Christine liegt mit dem Rücken zu ihm und ist nackt, eine Hand hat sie hinter sich locker auf seiner Hüfte liegen und unterstützt oder dirigiert ihn mit leichtem Druck.

Jetzt wird der Regen stärker, und Benno schiebt die vom Wasser schwere Decke von sich, spürt und genießt die Tropfen, die seine Hüften und Schenkel berühren, und fragt sich, wo seine Unterhose sein mag. Hat er sie abgestreift? Hat Christine das getan? Er zieht das T-Shirt zu den Achseln hoch, stützt sich auf den Ellbogen, alles ohne die Bewegung seines Unterleibs zu unterbrechen, und schafft es, das T-Shirt loszuwerden. Christine zieht jetzt auch die Decke von sich und legt dann wieder ihre Hand auf seine Hüfte.

Hat sie angefangen? War sie wach? Sie atmet tief und in Stößen, der Druck ihrer Hand wird stärker, sie zieht ihre Beine an und wölbt sich ihm noch runder entgegen, während er eine Hand in ihr Haar vergräbt und die andere auf ihre legt, so als gäben sie gemeinsam seinen Hüften ihren Schwung. Ihre Stimme besteht fast nur aus Luft, als sie sagt: »Das darf Daniel nicht wissen.« Und seine ist nicht viel kräftiger bei der Antwort: »Wir träumen uns nur.«

Mit einem winzigen Rest von Verstand fragt er sich noch, ob sie sich jetzt nur in seinen Orgasmus wirft oder selbst abhebt, spürt, dass der Regen noch stärker geworden ist, dass sie nackt und horizontal in einem Wolkenbruch tanzen, dann breitet sich das große, alles erreichende Gefühl in ihm aus, und es wäre egal oder vielleicht sogar perfekt, wenn ihn jetzt ein Blitz aus dem Leben schlüge.

–

Erst einige Zeit später, nachdem sie das Prasseln immer stärker auf ihrer Haut gespürt und immer lauter auf den Balkonbrettern gehört, sich auf den Rücken gedreht und mit verschränkten Fingern und geschlossenen Augen dagelegen haben, fragt Benno: »Was ist mit dir?«

Eine Weile sagt sie nichts, dann spürt er am Druck ihrer Finger in seiner Hand die Ankündigung ihrer Antwort: »Ich bin weg. Mich gibt's nicht mehr. Ich hab mich aufgelöst.«

»Nein«, sagt er, »ich spür dich.«

»Die Matratze wird nie wieder trocken«, sagt sie.

–

Der Geruch von frischer Farbe fällt ihm auf, als Benno ins Zimmer tritt und Christines Tropfenspur folgt, bis er auf halbem Wege zum Bad ein großes Handtuch von ihr zugeworfen bekommt. Er trocknet sich ab und legt sich das Tuch um die Schultern. Christine trägt einen schwarzen Bademantel und lächelt ihm zu. »Das hat vielleicht noch nie jemand gemacht«, sagt sie, »Liebe im Wolkenbruch.«

Zum Glück war Bennos Hose drinnen und ist trocken, aus irgendeinem Grund hat er sie und die Schuhe hier ausgezogen und abgelegt, sodass er jetzt wenigstens seine untere Hälfte bedecken und wärmen kann.

»Hast du Lust auf Kakao?«, fragt Christine, und er nickt

und bittet sie um einen Lappen, mit dem er die Pfützen auf dem Parkett trocknen kann. »Nimm das Handtuch«, sagt sie, »ich geb dir ein trockenes als Poncho.«

Draußen ist der Haufen aus Matratze, Decke und allerlei Textilien zu einem unansehnlichen Etwas zusammengesunken und wird immer noch weiter vom Wasser durchtränkt – es wäre sinnlos, die Sachen nach drinnen zu holen, nasser können sie nicht mehr werden. Benno bringt das Handtuch, mit dem er den Boden aufgewischt hat, ins Bad und hängt es zum Trocknen über den Rand der Wanne. Eigentlich müssten sie jetzt beide verlegen oder ein wenig beschämt sein, aber er fühlt sich entspannt und wohlig schlapp, und Daniels weinendes Gesicht aus dem Traum ist verschwunden.

Auch Christine scheint ihm kein bisschen irritiert oder durcheinander, als sie mit zwei Bechern Kakao in den Händen zu ihm kommt, ihm einen davon gibt und dann mit ihm anstößt, als ginge es darum, Brüderschaft zu trinken.

»Vierzehn Jahre«, sagt sie. Benno weiß, was damit gemeint ist, und ergänzt: »Und sechsundachtzig Tage.«

»Hast du im Ernst die Tage gezählt?«

»Nein. Das war geschätzt.«

—

Später in der Nacht geht er in seine Wohnung hinunter. Daniels Matratze ist zu eng für sie beide, und auf dem Sofa will Benno nicht schlafen. Seine Unterhose und das T-Shirt hat er vom Balkon geholt, ausgewrungen und in seine Waschmaschine gesteckt. Er ist zu müde, um noch irgendwas zu denken, aber noch immer spürt er, wie richtig das war, wie einfach und selbstverständlich, als wären sie schon seit Jahren ein Paar und einander nur nach einem langen Urlaub wieder in die Arme gefallen. Er schafft es gerade noch, die Hose abzustreifen, und schläft ein, noch während er die Decke über sich zieht.

—

Am späten Vormittag, als er einen kleinen Stau an der Theke abarbeiten muss – sechs Frauen auf einmal wollen Latte macchiato, und Valerio ist nicht da, weil Milch knapp wird –, da wird Benno auf einmal klar, dass irgendwas nicht stimmt: Er ist nicht erschüttert. Er müsste verwirrt sein, sich wie ein neuer Mensch fühlen, er müsste erschlagen oder verstört oder atemlos glücklich sein, nach dem, was letzte Nacht geschehen ist, aber nichts Derartiges lässt sich in seinem Innern finden, soviel er auch, in all der Hektik des Betriebs, danach forscht. Nach vierzehn Jahren, in denen er von der Erinnerung an Christine auf die eine oder andere Art gezehrt hat, nach der Aufregung der letzten Tage, in denen sie auf einmal so nah war, nach all der Besessenheit, die er für sie kultiviert hat, über ein Drittel seines Lebens, nach dem Liebestaumel letzte Nacht im strömenden Regen, nach alldem müsste er etwas anderes fühlen als Gelassenheit und gute Laune. Er müsste ein anderer Mensch sein. Gereinigt. Erlöst. Den ersten Tag seines neuen, endlich richtigen Lebens in irgendeiner Art von Erregung verbringen, aber alles ist wie immer. Er zittert nicht, sieht die Welt nicht mit anderen Augen, in anderen Farben oder mit größerer Weisheit, nichts. Gute Laune, weiter nichts.

Nicht einmal ein schlechtes Gewissen gegenüber Daniel findet er in seinen Gedanken. Sie sind erwachsen, so etwas ist normal, es passiert in jeder Sekunde, und Daniel wird es überdies nicht erfahren. Sie werden einfach eine Affäre haben, Christine und er, vielleicht über Jahre, vielleicht auch nur kurz, vielleicht auch überhaupt nicht, wenn das gestern Nacht schon alles gewesen sein sollte, wenn Christine es als einmaliges Ereignis verstanden haben will, wer weiß das schon so genau. Nur eine Affäre. Vielleicht nur ein Seitensprung. Der Himmel ist nicht aufgerissen. Benno ist nicht neugeboren. Der große Wechsel auf die Zukunft der letzten vierzehn Jahre ist nicht eingelöst worden. Der Hausfreund hat was mit der Frau von oben. Das ist schön. Mehr nicht.

»Was ist?«, fragt die rothaarige Frau vor ihm, »hab ich was im Gesicht?«

»Nein«, sagt Benno, »wieso?«

»Sie gucken mich an, als wär mir die Nase verrutscht oder so.«

»Entschuldigung. Ich war in Gedanken. Tut mir leid.«

Sie lächelt ihn an, nimmt ihren Kaffee und sagt: »Sie sind verliebt.«

Er lächelt zurück, macht eine zweifelnde Gebärde mit den Händen und gleichzeitig eine kleine Grimasse und denkt, das stimmt immerhin. Verliebt bin ich. Aber nicht in der erhofften Größe.

Jetzt ist auch Valerio wieder da, und der Mittagsansturm kann kommen.

—

Die Nacht war kurz, und Benno spürt gegen halb drei, dass er kaum noch die Augen offen zu halten vermag. Es ist nicht viel los um diese Zeit, und er fragt Valerio, ob er ihn für eine Stunde allein lassen dürfe. Souad ist den ganzen Tag weg, sie macht am frühen Abend den Führerschein und wollte vorher noch Stunden nehmen.

»Muss schlafen«, sagt Benno.

»Klar«, sagt Valerio und grinst verständig. Anscheinend wissen alle hier Bescheid. Oder ein Mann kann in Valerios Augen nur aus einem Grund müde sein.

Im Treppenhaus fällt Benno ein, dass er noch nichts von Christine gehört hat. Im Café war sie nicht, und telefoniert haben sie auch nicht. Sollte er ihr nicht vielleicht helfen, die schwere Matratze hochzustellen und an die Wand zu lehnen, damit sie trocknen kann? Oder sich wenigstens erkundigen, ob ihr Fieber weg ist? Aber wenn sie sich nicht meldet, dann will sie vielleicht allein sein. Oder bereut sie es doch? Auch wenn es gestern Nacht nicht so aussah, der Katzenjammer kann ja inzwischen über sie gekommen sein. Vielleicht will sie ihn nicht sehen. Er klingelt nicht und ruft nicht an.

Bevor er sich hinlegt, füllt er seine kleine Waschmaschine und lässt sie laufen. Dann kann er nachher, bevor er wieder runtergeht, noch die Wäsche aufhängen. Er stellt sich den Wecker auf vier.

—

Aber es ist nicht der Wecker, es ist die Türglocke, die sich in sein Bewusstsein drängt. Auf dem Weg zur Tür hat er das Gefühl, durch den Fußboden zu waten, so verschlafen ist er noch, und vermutlich reibt er sich die Augen wie ein kleines Kind im Film, als er geöffnet hat und Christine da stehen sieht, zusammen mit einer Frau, die ihm vage bekannt vorkommt.

»Au, hast du geschlafen? Das tut mir leid«, sagt Christine.

»Alles okay, kommt rein«, sagt er.

»Das ist Meike, die Tochter meines Schwagers.« Christine deutet auf die Frau, schiebt sie gleichzeitig vor sich her in den Flur, und jetzt wird Benno wieder klar, woher er sie kennt. Die Mausaugige aus Nashville, mit der er Musik machen soll. Sie sieht anders aus als damals, ganz in Schwarz, mit einem ärmellosen Rollkragen-T-Shirt, langen Haaren und Pferdeschwanz.

»Hallo, Meike«, sagt er, »wollt ihr reinkommen, oder sollen wir runtergehen und einen Kaffee trinken?«

»Kaffee«, sagt Christine.

Auf dem Weg nach unten gehen beide vor ihm her, sodass er nicht in Christines Gesicht lesen kann, wie sie heute zu ihm steht. Benno fühlt sich unsicher. Darf er sie an gestern Nacht erinnern? Soll er so tun, als wäre nichts gewesen? Ist Meike eine potenzielle Verräterin?

»Ist sie nicht deine Nichte«, fragt er, »wenn sie die Tochter deines Schwagers ist?«

Christine lacht: »Das wäre sie, wenn sie die Tochter meines Schwagers mit meiner Schwester wäre, aber er hat sie in die Ehe mitgebracht.«

»Das ist ein Überfall«, sagt Meike, als er einen Espresso für sich und zwei Cappuccini für die beiden gemacht hat und wieder hinter der Theke hervorkommt, um zu ihrem Tisch zu gehen, »hoffentlich bist du nicht böse. Aber Daniel fand, ich solle dich gleich überrumpeln, bevor du es dir wieder anders überlegen kannst. Er will unbedingt, dass du mitmachst. Und ich will das auch.«

»Ist in Ordnung«, sagt Benno, »es gibt viel zu besprechen. Du bist willkommen.«

Christine prostet ihm wieder mit ihrer Kaffeetasse zu. Ist das ein Tick von ihr? Wird sie das demnächst auch mit einem Marmeladenbrot machen?

»Ich bin heut Nacht um drei Uhr losgefahren. Die Band ist schon im Studio«, sagt Meike, »falls du so schnell hier wegkommst, könnten wir heute noch hin.«

»Die Band ist schon da?«

»Meine«, sagt Meike, und jetzt wirkt sie verlegen. »Ich wollte unbedingt, dass du meine Band hörst, bevor du dich entscheidest, die Musiker aus den Staaten einzufliegen, und Daniel sagte, ich soll sie dir einfach vorführen. Sie haben sofort Urlaub genommen und sind losgerauscht. Du hast das letzte Wort.«

Benno kann seinen Ärger nicht verbergen. Das ist schon wieder so eine typische Daniel-Aktion. Einfach über Bennos Kopf hinweg Tatsachen schaffen, die er dann schon akzeptieren wird. Das erinnert an früher. Ungut.

Christine, die sieht, was in ihm vorgeht, legt eine Hand auf seinen Arm, und Meike schaut ihn ängstlich an. Er reißt sich zusammen und fragt: »Sonst noch Tricks? Irgendwas, worauf ich gefasst sein sollte?«

»Nein«, sagt Meike, aber es klingt, als zweifle sie selbst daran. Vielleicht traut sie Daniel noch den einen oder anderen Einfall zu. »Du kannst sie ablehnen, wenn sie dir nicht gut genug sind, du bist der Chef. Ich glaube nur, du wirst sie mögen. Sie sind wirklich gut. Ich will eigentlich auch, dass wir als Band firmieren, ich streite noch mit Daniel darum. Er glaubt, eine Sängerin lässt sich leichter verkaufen.«

»Da mag er recht haben«, sagt Benno, »aber das muss uns nicht kümmern. Uns kümmert erst mal nur die Musik.«

»Gut so«, sagt Christine und lächelt. »Wenn ihr Hilfe braucht, falls Daniel sich stur stellt, ich mach mit.«

»Gut so«, sagt Benno und versucht, seinen Ärger zu schlucken.

Er lässt die beiden am Tisch zurück und geht Valerio zur Hand, weil ein paar hereingeschneite Touristen versorgt werden müssen.

»Könntest du den Laden ein paar Tage lang mit Souad allein schmeißen?«

Valerio schaut problembewusst drein, so als müsse er sehr genau überlegen, ob das irgendwie zu machen sei, aber er kann den Stolz in seinem Gesicht nicht verbergen. »Ja, geht«, sagt er, »darf ich meinen Vetter einspannen, wenn's brennt?«

»Wenn er's für sieben Euro in der Stunde schwarz macht?«

»Sicher. Macht er.«

»Und du kriegst drei mehr, okay?«

»Super.«

»Auch schwarz, wenn du willst.«

»Will ich.«

Benno fummelt die beiden Schlüssel für Tür und Metallrollo von seinem Bund, gibt sie Valerio und geht zurück zu Christine und Meike.

»Wenn wir morgen fahren würden, wär mir lieber«, sagt

er, »oder wenigstens später heut Abend. Ich muss noch Wäsche machen, sonst hab ich nichts anzuziehen.«

»Du könntest dich oben ein bisschen hinlegen«, sagt Christine zu Meike, »falls ihr schon heut Abend fahren wollt.«

—

Als er die Wäsche aus der Maschine holt und nach oben trägt, weil er keinen Trockner hat, spürt Benno den Ärger über Daniel wieder im Solarplexus. Er trägt ihn offenbar auch im Gesicht, denn Christine spricht ihn, nachdem sie ihre Tür geöffnet und ihm die Wäsche abgenommen hat, darauf an: »Nimms ihm nicht krumm. Er kann das nur so. Ich weiß, dass er früher mal anders war, aber jetzt kann er nur noch auf die selbstherrliche Art mit anderen umgehen. Er meint das nicht böse. Das ist kein Größenwahn bei ihm. Er weiß nicht, dass er Grenzen verletzt und seine Mitmenschen dominiert.«

»Dann sollte ihm das aber mal jemand sagen«, knurrt Benno und weiß im selben Moment, dass es idiotisch ist, Christine anzumurren – sie kann nichts dafür.

»Viel Spaß«, sagt sie lächelnd. »Er wird's nicht kapieren. Da fehlt ihm einfach was. Einfühlung ist keine seiner Stärken.«

»Macht er das mit dir auch so?«

»Klar. Er weiß es nicht. Und ich hab mich dran gewöhnt. Ich ärgere mich fast nie mehr drüber. Es ist seine Art, tüchtig zu sein.«

Tüchtig. Das Wort klingt Benno im Kopf nach, als er die Treppe runtergeht. Das klingt nach Daniels Mutter.

Und vielleicht auch nach Bennos Großvater. Es klingt nach Vergangenheit, Nachkriegszeit, Hosenträgern und geschwungenen Kotflügeln, nicht nach Unternehmensberatung, Coaching und Psychologie. Fremd. Unzeitgemäß. Als wäre Christine eine Zeitreisende, eine Unsterbliche, die sich immer wieder neu anpassen muss und hin und wieder aus Versehen verräterische Hinweise auf ihr ewiges Leben ausplaudert. Das würde eigentlich zu ihr passen. Eine unsterbliche Muse. Aber dann hätte sie sich mit Tanner & Krantz damals ein Versagerduo ausgesucht. Ihr Einsatz hatte alles zunichtegemacht.

Er zieht neue Saiten auf die Strat, dehnt sie und spielt sie ein bisschen ein, packt Stimmgerät, Kabel, Effektboard und Zubehör zusammen und spürt die Aufregung, die ihn erfasst hat. Er wird Musik machen. Gute Musik. Er wird etwas Sinnvolles tun. Nicht nur Kaffee in Münder expedieren.

—

Er muss seine Sachen in Plastiktüten verstauen, er hat keine Tasche. Die Reise von Nashville hierher hat er nur mit der Gitarre gemacht, und seither ist er nie mehr weg gewesen. Der Verstärker und die Dinge, die er damals besaß, sind vielleicht jetzt noch im Trailer, wenn sie sich nicht jemand unter den Nagel gerissen hat. Hier hat er sich von Daniels Vorschuss das Nötigste gekauft, Jeans, einen Pullover, zwei T-Shirts, Socken, Unterhosen und ein neues Paar Schuhe, und erst als das Café eröffnet war, die seriösen schwarzen Hosen und weißen Hemden. Als er es sich leisten konnte, ging er auf die Suche nach einem Verstärker und fand schließlich einen Fender Twin Reverb per Annonce in der Nachbarstadt. Nicht so gut wie der zurückgelassene, aber gut genug. Was er jetzt für die nächsten Tage braucht, passt in zwei Tüten, mehr hat er auch nicht hier herumliegen, für die Wäsche muss er Christine um eine dritte bitten.

Sie klopft an der Tür, als käme sie heimlich, als sollte niemand im Haus die Klingel hören. Seine Wäsche hat sie auf dem Arm und eine schmale graue Sporttasche in der Hand. »Ich dachte, die brauchst du vielleicht«, sagt sie, »falls du keine hast.«

Sie schaut ihm zu, wie er die Tasche packt, vielleicht beherrscht sie sich, es nicht besser zu machen, ihm die Sachen nicht aus der Hand zu nehmen, um ihn nicht auch noch zu dominieren. Er legt eine Hose und drei T-Shirts unten auf den Boden der Tasche, den Rest stopft er, so, wie er ihn zu fassen kriegt, hinterher. Es passt.

»Ich kann dir tragen helfen, ich hab den Autoschlüssel da«, sagt sie mit Blick auf die Ansammlung von Verstärker, Gitarrenkoffer, Zubehörkoffer und Tasche, »der Wagen steht im Parkhaus.«

»Ich will eigentlich gar nicht weg«, sagt er.

Er schaut sie nicht an dabei. Er wollte das nicht sagen. Es kam wie von selbst aus ihm heraus, und er erinnert sich nicht, es vorher in seinem Inneren gehört oder gedacht oder sich zurechtgelegt zu haben. Sie zieht sich das Top über Schultern und Kopf, hakt ihren Büstenhalter auf, streift ihre leichte dunkelrote Pumphose zusammen mit dem Slip über die Hüften und schaut ihn dabei unverwandt an. »Komm«, sagt sie und legt das Kleiderbündel auf den Verstärker, nimmt ihn an der Hand und führt ihn zu seinem Bett.

Und auf einmal ist alles da, was gestern Nacht gefehlt hat: Ein Gefühl der Freude, das sich in ihm ausbreitet, als wachse er im Volumen, als atme er immer tiefer ein, sei sich jeder Zelle seines Körpers bewusst und als strebe alles, jeder Muskel, jede Sehne, jeder Nerv auf seine Mitte zu, die Stelle, an der sich jetzt die Verbindung zwischen ihnen herstellt, da er auf dem Bett liegt und sich Christine langsam auf ihn herabsenkt. Ihr Körper ist aufgerichtet, ihre Hände liegen auf seinem Bauch, als stütze sie sich dort ab, gäbe sich Schwung für das anfänglich noch sehr sanfte Auf und Ab ihrer Bewegungen, aber das tut sie nicht, die Hände liegen leicht wie Papier auf seiner Haut und fühlen sich kühl und wie vergessen an.

Sie schaut ihn an, während er sie anschaut, das Schwingen ihrer Brüste, den gestreckten Hals, das Lösen einer Locke, die sich aus dem Haarband schlängelt und ein kleines Echo schwingt, dann wandern ihre Hände bis hoch zu seiner Brust und weiter, sie beugt sich vor, er kann ihr Gesicht nicht mehr sehen, dafür eine ihrer Brüste in den Mund nehmen und die andere mit der Hand umfassen. Jetzt fühlt er, was er vierzehn Jahre in Erinnerung behalten und als Erkennungszeichen aufbewahrt hat: Sehnsucht nach ihr, obwohl sie da ist. Und er weiß, er wird erschüttert sein.

—

Im Kofferraum des dunkelgrauen Saab liegt schon eine akustische Gitarre, dem Koffer nach eine Martin, und eine Tasche von Meike, sodass Benno eine Zeit lang hin und her räumen muss, bis er den Verstärker, seine Strat, den

Koffer mit Zubehör und seine Tasche verstaut hat. Für Meikes kleine Tasche, die sie oben in der Wohnung hat, ist kaum noch Platz – vielleicht muss sie auf den Rücksitz. Christine gibt ihm den Autoschlüssel. »Herzlichen Glückwunsch zum neuen Auto«, sagt sie, »Daniel hat mir gesagt, dass er dir den schenkt.«

Benno nimmt den Schlüssel. »Ich brauch kein Auto.«

»Jetzt grad aber schon«, sagt sie.

»Vielleicht willst du ihn danach benutzen? Wenn ich fertig bin mit den Aufnahmen.«

»Ich hab eins. Nur noch nicht hier. Muss es demnächst in Berlin abholen. Vielleicht mach ich das diese Woche noch. Wenn ich Geschirr und Besteck und Gläser und Tischwäsche und Vasen und Bettwäsche und was nicht noch alles beisammenhabe und nicht weiß, was ich mit mir und der vielen Zeit anfangen soll.«

»Ich will jetzt nicht wegfahren«, sagt Benno leise, »ich will keine zehn Zentimeter Platz zwischen uns beiden.« Und auf einmal spürt er, dass ihm Tränen aus den Augen laufen. Das ist ihm peinlich, er versucht, es zu verbergen, versteht auch nicht, wieso er weint, er wird doch nicht vom Rockzipfel seiner Mama gerissen, aber Christine sieht es und nimmt ihn in die Arme.

»Ich freu mich auf dich«, sagt sie leise und streichelt seinen Hinterkopf, »und ich freu mich auf die Musik, die du machen wirst.«

Eine Weile stehen sie so, bis das Klacken von Schuhen ertönt und Christine sich von ihm löst, er sich die Tränen wegwischt und den Wagen mit einem leichten Druck auf die Fernbedienung im Schlüssel verriegelt. Es ist Elsa, die um die Ecke biegt und zu ihrem schwarzen Mini geht. Sie grüßt mit einem Winken und macht ein schattiges Gesicht beim Einsteigen. Dann fährt sie mit Schwung aus der Parkbucht und winkt noch einmal im Vorbeifahren, als Christine und Benno schon auf dem Weg zur Treppe sind.

—

Benno fährt. Meike hat ihm angeboten, das Steuer zu übernehmen, falls er keine Lust mehr haben sollte, sie fühle sich ausgeruht und fit, sagt sie, aber es macht ihm Spaß, obwohl er sich noch ein wenig dumm anstellt, zu langsam reagiert, zu spät schaltet, den Motor an Ampeln abwürgt und hier und da sogar die Kupplung krachen lässt. Er muss das erst wieder lernen. Das letzte Mal Auto gefahren ist er vor fünf Jahren, zu Zeiten der Band mit Kate, und das letzte Mal, dass er mit einem Schaltgetriebe zu tun hatte, war im goldenen Benz auf dem Rückweg von München. Als er sich daran erinnert, wird ihm klar, dass er jetzt angekommen ist. Nach einer vierzehnjährigen Reise. Und es ist egal, ob er mit Christine nur eine Affäre haben wird, ob sie Wochen oder Jahre andauern wird, es ist egal, ob sie einander nur heimlich hinter Daniels Rücken in die Arme fallen können – das, was zählt, ist ihre Gegenwart und seine.

Meike hat sich auf dem Beifahrersitz eingerichtet, die Schuhe ausgezogen und die Füße auf die Konsole gelegt und lässt ihn in Ruhe. Sie scheint zu spüren, dass er seinen Gedanken nachhängen und nicht reden will, sie meldet sich nur ab und zu, wenn er die Richtung ändern soll. Immer wieder wirft sie einen Blick in die Karte: Autobahn bis Ulm, dann über Memmingen und Leutkirch nach Wangen. Die längere, aber schnellere Route. Nach drei Stunden sind sie angekommen und haben unterwegs vielleicht jeweils zehn Sätze gesprochen, ohne sich dabei unhöflich oder schlecht behandelt zu fühlen. Meike scheint ein angenehmer Mensch zu sein.

—

»Benno, Benno, Benno«, sagt Carlo, dem nur noch wenige Haare um den ausgemergelten Kopf wehen, und grinst von Ohr zu Ohr, sodass sein Gesicht Falten wirft wie das eines alten chinesischen Hundes, »dass ich dich noch mal wieder umarme, darauf hätt ich eher nicht gewettet.«

»Die Quoten waren sicher nicht besonders«, sagt Benno und schließt Carlo in die Arme. »Tut gut, oder?«

»Tut gut«, sagt Carlo.

»Das ist Meike«, sagt Benno, »der Star der Session.«

»Willkommen«, sagt Carlo, und sein Hundegesicht wirft noch mehr Falten, »deine Herren Musiker haben sich schon wohnlich eingerichtet und freuen sich auf dich.«

Meike lächelt schüchtern und lässt sich von Carlo auf die Wangen küssen, während Benno schon den Kofferraum öffnet und zuerst seine Strat herausnimmt, dann die Tasche, dann den kleinen Koffer mit Kabeln und Effektboard. Carlo fasst mit an, wuchtet den Verstärker auf seine Arme und geht voraus in die ehemalige Scheune eines Bauernhofs mit Rosenspalieren, Gemüsegarten, Obstwiese und einem kleinen Teich mit Seerosen.

In der Scheune wird schon aufgebaut, der Raum ist groß und dezent beleuchtet und eingerichtet. Benno begrüßt die Musiker, einen Markus, einen William, einen Tom und einen, der Knecht genannt wird und als Einziger lange Haare hat. Meike wird von allen geküsst und geschwisterlich auf die Schulterblätter geklopft, diese Leute mögen sich.

In einem neueren Anbau gibt es vier Doppelzimmer, zwei sind schon belegt von den Musikern, je eines bekommen Meike und Benno für sich allein.

—

Carlos fünfzehnjährige Tochter Carmen, ein zierliches Mädchen mit glatten, fast schwarzen Haaren und bunter Brille, hat einen Tisch auf der Obstwiese gedeckt, auf dem sie jetzt, mit Carlos Unterstützung, Eintopf, Brot und Salat serviert, dazu Rotwein, Weißwein, Bier und Wasser. Die Mücken surren, aber stechen nicht, das Kerzenlicht flackert nur hin und wieder, der Abend ist nahezu windstill – Benno mag die Musiker, sie sind aufgeweckt und witzig, auch wenn er spürt, dass sie eine skeptische Vorsicht ihm gegenüber an den Tag legen, immerhin hängt es von seiner Entscheidung ab, ob sie überhaupt mit von der Partie sein werden. Carmen hält wacker mit, fragt und erzählt und klinkt sich nur aus dem Gespräch aus, wenn es ins Fachsimpeln oder Zotenreißen kippt. Meike ist auf eine Art in sich gekehrt, die nicht wie Abwesenheit wirkt, eher so, als ob sie alles um sich herum einfangen und aufnehmen wolle, ohne es zu kommentieren oder zu beantworten. Die Zeit vergeht, und die Müdigkeit kommt, bevor auch nur einer von ihnen auf die Uhr geschaut hat. Es ist Viertel nach eins, als sie aufstehen und sich für morgen früh gegen neun am selben Ort, dem Tisch auf der Wiese, verabreden.

»Wo ist eigentlich Sylvia?«, fragt Benno, als Carlo und er

in der Küche für einen Moment allein sind und die Teller in die Spülmaschine stellen. »Nicht fragen«, sagt Carlo, »kein Thema, jedenfalls kein gutes.«

»Entschuldige«, sagt Benno, »ich dachte, sie sei auf Fortbildung oder im Urlaub oder so.«

»Das wär schön«, sagt Carlo, und er muss nicht erst die Arme verschränken, um deutlich zu machen, dass er kein weiteres Wort dazu sagen wird, noch hören will. Benno legt ihm die Hand auf die Schulter und verabschiedet sich.

—

Er lässt das Licht im Zimmer ausgeschaltet, die Nacht ist hell, und er sieht genug, um seine Kleider irgendwo abzulegen. Von nebenan hört er ein Rumpeln, dann geht die Tür und es klopft an seiner. »Kann ich dich noch kurz stören?«, hört er Meikes Stimme, und er öffnet. Sie hält die Gitarre in der Hand.

»Das soll ich dir von Daniel überreichen. Ist ein Geschenk«, sagt sie, und er glaubt in ihrer Stimme einen feinen Ton von Ängstlichkeit wahrzunehmen.

»Na so was«, sagt er, um irgendwas zu sagen, nimmt den Gitarrenkoffer, legt ihn aufs Bett und lässt die Verschlüsse aufschnappen. »Komm doch rein.«

Er schaltet das Licht ein und sieht seine alte Martin in dem blauen Velours des Fiberglaskoffers liegen.

Meike lehnt am Türrahmen und sagt: »Er hat sie für dich aufgehoben. Er hat sie dir abgekauft und als Talisman behalten. Damit du wiederkommst. Er sagte, er hat ein Gelübde abgelegt, dass er die Gitarre niemals hergibt, nur an dich, falls du wieder nach Hause kommst.«

Benno weiß nicht, was er sagen soll. Er weiß nicht einmal, was er fühlt. Nur dass es stark ist und sich nicht nur um Freude handelt. Er nimmt das Instrument und spielt ein paar Töne, dann stimmt er nach, spielt ein paar Griffe, einen Lauf, die Gitarre klingt vielleicht noch besser als damals. Sie hätte ihren Klang auch verlieren können.

»Bist du sauer?«, fragt Meike.

»Nein«, sagt er. Aber er weiß nicht, ob er lügt, denn jetzt ist ihm klar, was er fühlt. Daniel hat ihn beschenkt und bestohlen zugleich.

»Es ist ein echtes Liebesgeschenk«, sagt Meike leise, »er wollte, dass du wiederkommst und dass du dann wie früher diese tolle Gitarre hast. Er hat sich nicht getraut, sie dir vorher zu bringen, weil du so komisch auf Geschenke reagiert hast. Er sagte, du wolltest nichts von ihm haben.«

»Ich freu mich«, sagt er, »es ist nur gemischt mit … irgendwas. Weiß nicht mal genau, womit.«

»Als hätte er sie dir geklaut damals?«

Benno schaut sie erstaunt an. Kann sie Gedanken lesen? »Das ist ziemlich nah dran«, sagt er und legt die Gitarre wieder zurück in ihr Veloursbett.

»Er hat sie aber gerettet für dich. Vor dir, wenn du so willst.«

Benno schließt den Koffer und wendet sich zu Meike, legt seine Hände an ihre Schultern und küsst sie auf die Wange. »Danke«, sagt er.

»Ich geb den Kuss an Daniel weiter«, sagt sie und lächelt. Und geht nach draußen, schließt die Tür und überlässt ihn seiner Ambivalenz.

Am liebsten würde er spielen. Die Gitarre wieder kennenlernen, aber das geht nicht, die anderen schlafen vielleicht schon, er kann jetzt nicht hier herumklimpern. Noch während er überlegt, ob er sie nach draußen nehmen und irgendwo am Wegrand spielen soll, an einem Bachufer oder Parkplatz, spürt er die Müdigkeit und schließt den Koffer, lehnt ihn an die Wand, zieht sich aus und lässt sich ins Bett sinken. Noch einige Augenblicke lang behält er die Silhouette, den Schatten seiner Martin im Blick, hört zwei Grillen zu, die sich draußen verständigen, dem Schwirren und Brummen eines Nachfalters, dann schläft er ein.

—

Dave und Stephen hatten Benno an diesem Freitag ins Kino eingeladen. Irgendwann musste er wohl das Datum seines Geburtstages verraten haben, er wusste nicht mehr wann, vielleicht hatte er auf Tour in irgendeinem Kaff mal spontan eine Runde geschmissen, sie standen am frühen Abend vor der Tür, überreichten ihm eine Flasche Zinfandel und einen kleinen Korb mit Olivenöl, Balsamico, Pasta und Gewürzen und bestanden darauf, dass er mit ihnen ins Belcourt Theatre kommen müsse, weil er den Coen-Film *O Brother Where Art Thou* nicht kenne. Das sei eines Musikers in Nashville unwürdig, und deshalb müsse dieser Zustand jetzt und hier und ohne weitere Umstände beendet werden.

Er wollte eigentlich den Rasen mähen und sich dann einiger neuer Aquarelle von Janet annehmen, die gerahmt werden mussten – sie hatte von ihrer Ausstellung in Davis den Auftrag mitgebracht, ein kleines Hotel auszustatten, aber Stephen und Dave blieben hart und ließen keine Ausrede gelten, also füllte er noch schnell die Spülmaschine, deckte das für den Abend geputzte und geschnittene Gemüse für ein Curry mit Folie ab und zog mit ihnen los. Janet, die noch bei der Arbeit war, hinterließ er einen Zettel, er sei gegen neun Uhr zurück und sie solle sich nicht an Brot satt essen, das vorbereitete Curry dauere nur eine halbe Stunde.

—

»Wir kommen noch auf einen Schluck mit rein«, sagte Stephen, als sie kurz vor neun wieder vor der Haustür standen. Das war ungewöhnlich, Stephens Manieren waren sprichwörtlich, er würde sich nicht einfach aufdrängen, aber Benno, der damit rechnete, dass Janet ausgelaugt und müde von der Arbeit und nicht gerade begeistert über Besuch sein würde, hatte nicht viel Zeit, sich darüber zu wundern, geschweige denn, einen Ausweg zu finden, denn die Tür wurde von innen geöffnet, noch bevor er den Schlüssel richtig in der Hand hielt, und ihm schallte ein vielstimmiges »Happy Birthday« entgegen. Der Rest der Band war da und so ziemlich der gesamte Freundeskreis Janets, nur der Architekt fehlte, weil er in einem Projekt in London engagiert war, und seine Freundin, weil sie ihn dort besuchte.

Benno ließ das Küssen und Umarmen, Schulterklopfen und Gratulieren über sich ergehen, ohne sich richtig darüber freuen zu können – der Überfall störte ihn mehr, als ihn dessen Ursache – Freundschaft und der Wunsch, ihn hochleben zu lassen – rührte. Er brauchte ein paar Minuten, um sich ohne Verstellung der allgemeinen Fröhlichkeit anzuschließen.

Das Essen wurde geliefert – Pizza Salami für alle, dazu gab es von den Gästen mitgebrachte Salate und Weißwein, den die Band in einer großen Kühltasche angeschleppt hatte. Der Kreis war ein bisschen zu groß, als dass man über den Irak oder den Skandal um die Dixie Chicks hätte reden wollen, man konnte nicht sicher sein, ob einer der Anwesenden nicht doch den Aufkleber »We support our Troops« an der Stoßstange hatte, diese Themen taugten nur für Kleingruppen, und die amerikanische Höflichkeit erlaubt keinen Dissens bei einer Feier, also waren es unverfängliche Gesprächsinhalte, die um Benno herumschwirrten: Urlaube, Janets Ausstellung, die Erfolge der Carson Lounge, das Konzert von Alison Krauss, das sie alle gehört hatten, und die Katzenfamilie von Phoebe, Janets Kollegin, die in einer Blockhütte lebte und sich von ihrer Tochter Crystal den Freund hatte ausspannen lassen. Benno ließ das alles mit möglichst interessiertem Gesicht an sich vorbeirauschen und löschte seinen immer größer werdenden Durst mit kalifornischem Pinot gris.

»And now for something completely different«, sagte Nick nach dem Essen mit ironischem Jodeln in der Stimme und hob die Hand wie ein Zeremonienmeister, machte mit dieser erhobenen Hand eine überzogen schwungvolle Gebärde hin zu Janet, die vor der Anlage kniete und eine CD einlegte.

»Sit down, have a drink, close your eyes, and enjoy«, sagte sie, »you'll get to know the *real* Benno Krantz, whom you all know as a great musician, but you wouldn't have guessed, he's *that* great. Listen.« Und sie gab der CD-Schublade einen Schubs und ließ sie in den Player gleiten.

Benno wusste nicht, wie ihm geschah, als er die ersten

Töne hörte. Es war *Cirrus*, das letzte Album mit Daniel, das er seit dem Abend vor seiner Flucht nicht mehr gehört hatte.

Janet hatte die Anlage sehr laut gedreht, der Sound war überwältigend, und die Anwesenden ergaben sich der Musik mit teils erregten, teils entspannten und teils sogar erstaunten Gesichtern, manche hatten wie auf Befehl die Augen geschlossen, andere starrten vor sich auf den Teppich oder die Tischplatte oder streiften hin und wieder Benno mit einem flüchtigen Blick. Er wusste nicht, wo er hinschauen sollte, fühlte sich zum einen Teil unwohl auf dem Präsentierteller, zum anderen Teil aber stolz und aufgeregt, weil ihn die Fülle und Wucht der Musik selbst überraschte – als Zuhörer fand er sie herrlich und wollte sich ihr ergeben, sie über sich hinwegfließen lassen wie eine warme Welle, sich einhüllen und wegschwemmen lassen, aber er war auch gleichzeitig der Urheber, zumindest zur Hälfte, und fühlte sich ausgestellt, ohne gefragt worden zu sein, ohne darauf vorbereitet zu sein –, er wusste, dass diese Aktion nichts Unfreundliches oder gar Hinterhältiges hatte. Das Ganze war ein Geschenk für ihn, ein großes sogar, denn dieses Album aufzutreiben hatte sicherlich Mühe gekostet, und es hier zu spielen zeugte von Begeisterung. Die anderen sollten erfahren, dass Benno gute Musik gemacht hatte, und dennoch fühlte er sich weniger geschmeichelt als vielmehr hintergangen.

Immer wieder gelang es ihm, diesen kleinlichen und beleidigten Anteil in seinem Innern niederzukämpfen und einfach nur der Musik zu lauschen, glücklich zu sein, dass er das war, der diese gleißenden Läufe und pulsierenden Muster spielte, aber immer wieder drang es durch und riss

Fetzen aus dem Gewebe von Freude und Selbstlob, das ihn umgab bis zum Ende des vierten Stücks – mit den ersten Tönen von *Zirkelschluss* fühlte er sich zurückversetzt ins Studio, sah Christine hinter der Glaswand der Regie auftauchen, sah sich und Daniel, die das Stück in einem Take auf Band bekamen, fühlte die Energie, das Glück, den gemeinsamen Höhenflug, und von da an stürzte er immer tiefer in ein Elend, wie er es bis dahin nicht gekannt hatte: Er vermisste Daniel. Er vermisste ihn so sehr, dass es wehtat. Im Bauch, in den Gliedern, im Kopf, er vermisste sich selbst, den Benno, der er nur mit Daniel zusammen gewesen war, den Zwilling, der sich am richtigen Platz wusste in einem gemeinsamen Talent, in einer gemeinsamen Größe und in einer Art von Heimat oder Sicherheit, die es nur für sie beide zusammen gab, nur für Zwillinge, nur für die Hälften eines Ganzen, dessen Kraft weit über das hinausging, was man als Summe ihrer beider Fähigkeiten hätte ausmachen können.

Er sah auf einmal, dass er seine Zeit im falschen Leben vertat, dass er sich verraten hatte, indem er Daniel verraten hatte, sich selbst verlassen hatte, vor seiner eigenen Notwendigkeit, seiner Aufgabe, seiner eigenen Wahrheit geflohen war – er hatte nicht nur Daniel bestohlen, er hatte sich selbst bestohlen, nur weil er zu feige gewesen war, sich einzugestehen, dass entweder Daniel oder Christine oder er selbst irgendeine Art von Zurückweisung würden aushalten müssen. So hatte er dafür gesorgt, dass sie alle zurückgewiesen waren, alleingelassen, hatte dieses Potential zerstört, hatte Tanner & Krantz zerstört und sich selbst zum Mucker gemacht, der für Drinks und Lebensmittel den immergleichen Sermon spielte.

Als er begriff, dass man ihm seine Gefühle ansehen musste, legte er den Kopf in die Arme und hoffte, dass sein Heimwehanfall noch niemandem aufgefallen wäre. Bis das Album zu Ende war, hielt er durch und schaffte es sogar, die Tränen zu verbergen, die auf die Tischplatte getropft waren. Er fuhr mit dem Ärmel drüber und sprach als Erster ins Schweigen der anderen hinein. »Gute Musik«, sagte er auf Deutsch, und alle sprachen ihm nach »Goute Mousiek«.

Janet sah ihn an. Er lächelte, aber er wusste, dass sie seinen Absturz mitbekommen hatte. Sie zuckte ein ganz klein wenig die Schultern und zog ihre Mundwinkel nach innen, er schüttelte den Kopf und bedeutete ihr damit, sie solle sich keine Sorgen machen.

Dann stand er Rede und Antwort, erzählte von seinem früheren Leben, von Daniel, von den Touren, von zwei Auftritten in San Francisco und Los Angeles fürs Goethe-Institut, erklärte den Trick mit den Oktavsaiten bei *Zirkelschluss*, den Tyler herausgehört hatte, und er hätte sich gesonnt im Lob und in der Aufmerksamkeit aller, wenn ihn nicht dieses Heimweh nach Daniel von innen zerfressen hätte.

—

Ob es nur daran lag, dass er viel zu schnell zu viel Wein in sich hineingeschüttet hatte, am Heimweh, an dem vagen Gefühl, bestohlen worden zu sein um seine Musik, sein Geheimnis, seine Vergangenheit, die er hier nicht hatte ausbreiten wollen und die jetzt aus lauter Liebe und Freundlichkeit von Janet hervorgezerrt worden war, oder daran, dass er sich auf einmal wie ein Täter auf der Polizeiwache mit seiner damaligen Flucht konfrontiert sah – er konnte es niemandem, auch sich selbst nicht, erklären, dass er am liebsten das Haus angezündet hätte oder eines der Autos bestiegen, um so lange damit nach Osten oder Westen zu fahren, bis das Meer zu sehen wäre. Stattdessen umarmte er Janet und versuchte, ihr das Gefühl zu geben, er freue sich über ihr Geschenk.

Irgendwann später, als er ins Bad wollte, kam ihm Phoebe aus der Tür entgegen und sagte irgendetwas, vermutlich war es ein Lob für die Musik, er hörte es nicht oder verstand es nicht, er griff einfach nach ihrer Hüfte und zog sie an sich, mit sich ins Bad zurück, schob ihr den Rock nach oben und den Slip nach unten, registrierte nur am Rande ihre erstaunten, zustimmenden Kiekser, drehte sie um, öffnete seine Hose und drängte sich ohne Umstände in sie. Mit dem Fuß stieß er die Tür hinter sich zu, und mit einer abenteuerlichen Verrenkung seines Oberkörpers schaffte er es, den Schlüssel umzudrehen.

Phoebe beugte sich vor und stützte sich am Waschbecken ab, gab unterdrückte, winzige Laute von sich, und Benno sah im Spiegel einen Mann, der nicht er sein konnte, der sich einer Frau bemächtigt hatte, die ihn nicht interessierte, der wusste, dass er sich abscheulich benahm, einen Chef, der sich mal eben die Sekretärin nimmt, weil die Gelegenheit günstig ist. Und weil die Sekretärin den Job braucht und nichts dagegen haben kann.

Vielleicht weinte er sogar, als er kam – er war sich nicht sicher, ob das, was er da im Spiegel sah, Schweißperlen oder Tränen waren. Es war egal, denn er hatte geschafft, was er wollte: Das Haus brannte. Und er war beschützt vom Alkohol, ihm konnte nichts passieren.

Draußen vor der Tür zum Bad lehnte Janet am Geländer. Sie sah ihm direkt in die Augen. Er hielt nur eine Millisekunde lang ihrem Blick stand, dann ging er an ihr vorbei, nickte, noch bevor sie sagen konnte: »I don't want to see you anymore«, holte seine Jacke und die Strat und ging an den schweigenden Gästen vorbei aus dem Haus.

—

Es ist, als ob die Gitarre glühen würde. Oder vibrieren. Benno weiß nicht, ob er wirklich geschlafen hat, als er die Decke von sich schlägt, T-Shirt und Hose überstreift, barfuß in die Schuhe schlüpft, den Koffer nimmt und leise aus dem Zimmer geht. Meike scheint auch noch nicht zu schlafen – er hört sie leise reden. Mit sich selbst? Nein, eher wird sie telefonieren. Er schaut auf seine Armbanduhr – es ist Viertel vor zwei.

Die Obstwiese ist zu nah am Haus, deshalb geht er einfach weiter, einen Feldweg zwischen zwei riesigen Maisfeldern entlang, an deren Rändern vereinzelt Sonnenblumen stehen. Das Mondlicht ist hell genug, sodass er sehen kann, in welcher Richtung Häuser stehen. Noch immer sind die Grillen zu hören, und nach etwa hundert Metern schaut er sich um nach etwas, worauf er sitzen könnte, aber da ist nichts. Also kniet er sich auf den Feldweg, packt die Gitarre aus, setzt sich auf den Koffer und spielt.

Er versucht gar nicht erst, irgendwas aus dem Repertoire von Tanner & Krantz zu spielen, das ist zu lange her, seine Finger würden nicht mehr mitmachen. Aber er lässt sie laufen und spazieren, so, wie er es immer nachts vor dem Fernseher getan hat, nur dass er diesmal zuhört, vom

Klang der Gitarre nicht genug kriegen kann, sie klingt groß und reif und voll, schöner als er sie in Erinnerung hat, schöner als je.

Als er Schritte hinter sich hört, denkt er, ich habe doch jemanden gestört, aber dann ist es Meike, die sich mit leiser Stimme ankündigt, damit er nicht erschrecken möge. »Das klingt schön«, sagt sie und setzt sich neben ihn auf den Boden.

»Kannst du auch nicht schlafen?«

»Nein. Ich freu mich auf morgen, aber ich bin auch nervös.«

»Das musst du nicht sein«, sagt er und unterbricht sein Spiel, »du bist eine gute Musikerin. Es wird gute Musik rauskommen.«

»Ich hab aber Angst, du magst die Band vielleicht nicht«, sagt sie.

»Wir machen es so, wie du es willst. Du bist der Act, du bestimmst. Ich gebe höchstens einen Rat oder hab 'ne Idee oder spiel ein paar Töne irgendwo drauf. Keine Angst haben.«

»Spiel doch weiter«, sagt sie, »es ist so schön.«

Er spielt den kleinen Walzer für sie, den er kürzlich komponiert hat. Als der letzte Ton verklungen ist, sagt sie: »Ich glaube, ich versteh jetzt, warum Daniel immer so von dir schwärmt.«

»Das tut er?«

»Ja. Und ich ab jetzt auch.«

»Quatsch«, sagt Benno und packt die Gitarre ein.

—

Die Nacht war kurz, aber Bennos innere Uhr ist unerbittlich, seit er das Café betreibt, er wacht um halb acht auf und beeilt sich mit dem Duschen, weil er Durst hat und kein Leitungswasser trinken will. Unten auf der Wiese ist er der Erste und kann Carmen beim Heraustragen des Frühstücks helfen, nachdem er in der Küche zwei Gläser eiskalten Orangensaft gekippt hat.

Als er sich in der Küche Marmeladengläser, Brotkorb und eine Rispe Tomaten auf den linken Arm packt und mit der rechten Hand nach dem Besteck greift, schaut sie vom Kühlschrank her über die Schulter und sagt: »Dass es sicher ankommt ist wichtiger, als dass es schnell ankommt.«

»Okay, überredet«, sagt er, lässt das Besteck liegen und benutzt die freie Hand zur Stabilisierung der Ladung.

Später, als alles, außer Kaffee und Tee, draußen ist und sie Teller, Tassen und Gläser verteilen, sieht er, wie akkurat Carmen Messer und Gabel in die Mitte zwischen Tellerrand und Serviette legt, parallel und mit dem gleichen Abstand nach oben und unten zur längeren Serviette, und wie prächtig der Anblick des bunt gedeckten Tisches allein dadurch wird.

»Das ist richtig schön«, sagt er, »so muss man das machen.«

Sie lächelt. »Ich geh aber nicht ins Hotelfach.«

»Du bist eine Ästhetin.«

Sie lächelt breiter.

»Papa sagt, du bist ein großer Musiker.«

»Das ist relativ«, sagt er, »und falls es gestimmt hat, lang her.«

»Es hat gestimmt«, sagt sie und schaut ihn direkt an dabei. »Ich hab eure CDs gehört. Oft. Ich hör sie heut noch manchmal und find sie immer noch sagenhaft gut.«

Er freut sich über dieses Lob. Eine ganze Generation weiter. Das ist wie Lob aus einem fernen Land oder von einem anderen Stern. Es macht ihn verlegen.

»Und was willst du machen, wenn du nicht ins Hotelfach gehst?«, fragt er, um das Thema zu wechseln.

»Tontechnik«, sagt sie. »Ich lerne bei Papa und geh dann auf eine Schule. Früher musste man konservatoriumsreif Klavier spielen und Partituren lesen, aber heute kann man's auch so lernen. Veranstaltungstechnik und Studio.«

»Wow.« Mehr fällt Benno nicht ein, als dieser dümmliche Ausruf. Sie imponiert ihm.

»Ich mach noch Eier«, sagt sie, »willst du die Zeitung?«

»Kann ich dir nichts mehr helfen?«

»Nein.«

Er geht mit ihr zurück in die Küche, sie gibt ihm die Zeitung, noch ungelesen, steif und nach Druckerschwärze riechend.

»Ganz frisch«, sagt er. »Bin ich der Erstleser heute.«

»Die liegt hier nur noch rum. Wir müssten sie längst abbestellen, aber Papa rafft sich nicht auf. Mama war bei uns die Zeitungsleserin.«

»Was ist mit ihr?«

»Sie ist tot.«

Es ist ein Reflex. Er kann nicht anders als sie anzustarren, und deshalb sieht er, dass sich ihre Augen röten und ihr Gesicht verschwimmt. Ein weiterer Reflex bringt ihn dazu, sie in den Arm zu nehmen und ihren Kopf an seine Schulter zu drücken, gerade in dem Moment, als sie sich abwenden will, damit er ihre Tränen nicht sieht.

»Das tut mir leid«, sagt er leise und streichelt ihren Hinterkopf, während sie drei tiefe Schluchzer in seine Schulter entlässt und sich dann losmacht, um die Nase zu putzen und seinen Blick zu meiden. Er nimmt die Zeitung und geht nach draußen.

Er blättert nur, liest keinen Satz, er kann sich nicht auf die Schrift konzentrieren, weil er an Sylvia denkt. Die immer so sicher wirkte, sich nie von sich aus am Gespräch beteiligte, aber einmal angesprochen fast immer die Erklärung, den Ausweg, das Urteil, oder den beschlussfähigen Vorschlag präsentierte und einem so das Gefühl gab, man habe Zeit vertrödelt. Benno war nie in näheren Kontakt zu ihr gekommen, vielleicht deswegen – ihre Art hatte immer etwas Zurechtweisendes gehabt. Für Carlo, der zur Eingleisigkeit neigte, war sie die perfekte Ergänzung gewesen. Klug und nüchtern, wenn Carlo nur noch Chaos, Stau und Knoten vor sich sah. Ihr Tod konnte noch nicht lang her sein, sonst wäre Carmen nicht bei der bloßen Erwähnung in Tränen ausgebrochen. Sie tut ihm leid.

–

Nach dem Frühstück, bei dem noch niemand so richtig wach zu sein scheint außer Knecht, der alles kommentiert, was er sich auf den Teller legt, schlurfen sie ins Studio, um Benno die Songs vorzuspielen, die sie aufnehmen wollen. Er fühlt sich ein bisschen unwohl in der Regie mit Carlo, noch immer schockiert von Sylvias Tod und darüber hinaus wie ein Juror oder ein Theaterregisseur beim Vorsprechen, einer der Macht hat, einer vor dem man Angst hat, aber daran ist nichts zu ändern. Er nimmt sich vor, sobald er kann, in den Aufnahmeraum zu wechseln und irgendetwas mitzuspielen. Er will Teil der Band sein oder wenigstens so tun, nicht wie ein Richter hier draußen, hinter der Glasscheibe, den Daumen heben oder senken.

Nach einem kurzen Soundcheck für jedes einzelne Instrument setzt er sich Kopfhörer auf und lässt sich von Carlo den Mix geben, den auch die Band hört. Sie spielen ein Stück, vierstimmig gesungen in einem fließenden Viervierteltakt mit Gitarre, Bassdrum, Bass und kleinen Mandolinenfiguren, das ihn sofort einfängt. Meikes Stimme strahlt gerade so weit hervor, dass sie das Zentrum bildet, aber nicht so weit, dass die anderen zum Hintergrund werden. Das Ganze hat eine große Ruhe, die sich aber auf pulsierendem, nach vorn treibendem Untergrund ausbreitet, der Harmoniegesang drängt immer wieder zur Verdichtung und Emphase, um sich danach gleich wieder samtig und fast wie ein Streichqartett in die Fläche zurückzuziehen. Eigentlich würde er gern die Augen schließen und sich von dieser Musik wiegen lassen, aber er kann den Blick nicht wenden von den konzentrierten und so früh am Morgen schon all ihrer Mittel sicheren Musikern und auch nicht von Meike, die strahlt, sobald sie den Mund aufmacht, und zu verschwinden scheint, wenn sie nicht singt.

Sie schauen ihn ängstlich und trotzig an, als der letzte Ton verklungen ist. Er drückt auf den Talkback-Schalter und sagt: »Das ist perfekt. Was ist das für ein Song?«

»Out Of The Woods«, sagt Markus, der die Gitarre gespielt hat, »von Nickel Creek.«

»Ich hab immer noch Gänsehaut«, sagt Benno, »spielt weiter, dann bleibt sie vielleicht.«

Meike lächelt.

»Aber nicht, dass du zum Arzt musst«, sagt Knecht, der Drummer, und hängt sich ein Akkordeon um.

»Das wär's wert«, sagt Benno und lehnt sich zurück, um das nächste Stück zu hören. *Motherland* von Natalie Merchant. Das hatte er selbst vorschlagen wollen. Schon nach den ersten Takten wird ihm klar, dass diese Band auf ihre Art so gut ist wie die Jungs aus Nashville. Meike hatte recht, auf ihnen zu bestehen. Tom, der Geiger, hat einen phantastischen, voluminösen Ton und, bei aller Begeisterung für die Bluegrass- und Countryklischees, auch etwas Europäisches. Seine Geige klingt anders als bei Amerikanern. Persönlicher. Solistischer. Sie animiert nicht nur zur Ausgelassenheit oder Elegie, sondern fragt, fasst an und erinnert in manchen Momenten an den Gesang einer Lerche. Knechts Akkordeon aquarelliert eine durchsichtige Fläche mit nur wenigen Figuren, und Markus, der jetzt Pedal Steel spielt, zeigt auch, wie man Genreklischees respektieren und trotzdem erweitern kann, er setzt die Emphase an rhythmisch extravaganten Stellen ein, sodass der Song immer wieder gleichzeitig als Walzer und als etwas anderes, eine Vierviertelballade etwa, gehört werden kann.

»Ich bin total begeistert«, sagt Benno ins Talkback-Mikrofon, als Meike ihre Gitarre von der Schulter zieht, »ich weiß nur nicht, was ich hier soll. Ihr braucht keinen Produzenten. Nur Carlo, der alles aufnimmt.«

Sie strahlen ihn an.

»Das waren die guten Songs«, sagt Markus, »jetzt kommen die schwachen. Bitte bleib noch.«

Benno lacht. Die Band beginnt das nächste Stück. Es ist

Red Dirt Girl, das er damals in Nashville schon mit Meike gespielt hat. Nach weiteren fünf Songs, von denen Benno nur zwei kennt und die er ausnahmslos gut findet, kündigt William, der Bassist, »das traurigste Lied der Welt« an. Er erkennt das Muster, eine Art Gitarrengirlande, die sich um sich selbst windet, noch bevor Meike zu singen beginnt – er hat das Stück in Nashville live gehört. *John Doe No. 24* von Mary Chapin Carpenter. Und es juckt ihn sofort in den Fingern mitzuspielen, etwas in tieferer Lage unter die Girlande zu setzen, eine mehr pulsähnliche Figur, die sich in größeren Abständen um das Ganze schlingt. Er schlägt es vor, nachdem sie fertig gespielt haben, und sie winken ihn wortlos in den Aufnahmeraum.

—

Mit Meikes Gitarre deutet er an, was er meint, und sie strahlen ihn an wie Kinder den Nikolaus, der seine Rute vergessen hat. Tom nickt, Knecht macht eine Art von Hofknicks, William ballt die Fäuste, als habe er ein Zielband durchlaufen, Markus lacht von Ohr zu Ohr, und Meike springt auf und sagt: »Ich hol dir deine Martin.«

Die Musiker schlurfen raus auf die Wiese, nur Markus bleibt, um mit ihm zu üben. Der Song geht über die ganze Strecke nur mit Gitarren und Meikes Gesang, erst zum Schluss, zu einem zarten atmosphärischen Akkordeonsolo, setzt der Bass ein und spielt Meike einen winzigen Rhythmus mit zwei Fingercymbals.

Auch Meike lässt sie allein üben, nachdem sie ihm die Gitarre überreicht hat. Er stimmt, und sie fangen an, und es ist wie Nachhausekommen. Benno weiß sich auf einmal, nach so langer Zeit, wieder am richtigen Ort. Das ist meine Provinz, denkt er, das ist der Platz, an dem ich nicht absurd bin, nicht nur eine Art Frage an die Welt, sondern jemand, der Antworten auf die Fragen anderer weiß. Die richtigen Töne.

Es ist, als wäre Christine da. Als stünde sie neben ihm oder in der Regie neben Carlo, als wäre sie noch immer die Muse, deren Gegenwart alles leicht und richtig macht – nach einiger Zeit, in der sie immer dieselbe Sequenz spielen und er nur noch mit verschiedenen Betonungen experimentiert, merkt er, dass er nicht mehr an die Musik, sondern nur noch an Christine denkt, und eine Ruhe überkommt ihn, als habe er vierzehn Jahre lang nur hyperventiliert und dürfe jetzt, hier, mit einem Gitarristen neben sich, der sein Handwerk versteht, endlich ausatmen. Wenn er nicht zu Markus hinüberschaut, dann fühlt es sich fast so an, als wäre Daniel neben ihm.

»Das wird schön so«, sagt er schließlich und legt die Gitarre zur Seite.

»Ja«, sagt Markus.

—

Auf der Wiese, mit Kaffee und Orangensaft vor sich auf dem Tisch, besprechen sie ein paar Vorschläge, die Benno für die Arrangements notiert hat – sie wollen alle ausprobieren und dann gemeinsam darüber entscheiden.

»Ich hab's ja gesagt, Ihr braucht mich nicht«, wirft Benno ins Gespräch ein.

»Das ist jetzt schon widerlegt«, sagt der sonst so schweigsame William, »die These ist nicht haltbar.«

Meikes Handy klingelt, und sie gibt es nach ein paar Worten an Benno weiter. »Tante Chrissi für dich«, sagt sie, und Benno nimmt das Ding ans Ohr und steht auf.

»Wie ist es?«, fragt Christine.

Einen Moment muss er überlegen, dann sagt er: »Wie der erste Schluck nach einem langen Durst.«

»Ich wäre gern bei dir«, sagt Christine.

»Das bist du.«

Sie schweigt.

»Wenn ich die Augen zumache, seh ich dich. Und wenn ich sie aufhabe, spür ich dich.«

»Das geht mir auch so«, sagt sie leise, »und das mit dem ersten Schluck auch.«

»Wir haben Glück«, sagt Benno.

»Ja«, sagt sie.

—

Bis zum Abend haben sie zwei Songs als Groundtakes eingespielt und finden sich kurz vor zehn aufgeregt und erschöpft zugleich um den Tisch auf der Wiese zusammen, wo Carmen eine riesige Portion Pasta mit Petersilie, Frühlingszwiebeln und frischen Tomaten, Salat, Wein, Säfte und Bier aufgetragen hat. Diesmal hilft ihr eine Schulfreundin, ein blondes Mädchen mit Pferdeschwanz, das vor einer Stunde mit großen Augen in die Regie gekommen war und eine Zeit lang zugehört hatte. Die beiden setzen sich dazu, und es ist eng am Tisch, aber umso lebhafter geht das Gespräch hin und her, denn die Musiker sind aufgekratzt, und die beiden jungen Mädchen genießen den Platz im Mittelpunkt des Interesses erwachsener

Männer. Meike ist wie gestern Abend in sich gekehrt, ohne abwesend zu wirken, Carlo ist still wie immer, und Benno spürt langsam die Erschöpfung in sich aufsteigen.

Vielleicht weil er am Vormittag gegenüber Christine das Bild vom ersten Schluck nach langem Durst gebraucht und sich damit selbst auf die Idee gebracht hat, fühlt Benno zum ersten Mal seit über zwei Jahren eine unbändige Lust auf ein Glas Wein, stellt sich vor, wie es wäre, die erste Berührung mit der Flüssigkeit zusammen mit der Säure zuerst auf der Zunge, dann am Gaumen, dann im Hals zu spüren, dann das Ausbreiten der Erleichterung im ganzen Körper, das Ausstrahlen der langsamen Explosion bis in die kleinste Zelle, den letzten Nerv, das Glück, das noch den Schmutz unterm Fingernagel erreicht. Er bleibt beim Wasser. Es wäre zu riskant. Muss auch so gehen.

Noch vor zwölf geht er auf sein Zimmer, schaut sich durchs Fenster eine Zeit lang den Zickzackflug der Fledermäuse an und lauscht den Grillen, fühlt sich von Christine umarmt und legt sich nackt ins Bett. Er hört noch Musik im Kopf, während er einschläft, und aus der Band unten im Studio wird nach und nach die Band in der Carson Lounge.

—

Er überquerte gerade die zweite Kreuzung Richtung downtown, als Phoebes gelber Toyota neben ihm hielt. Sie stieß die Tür auf, und er setzte sich wortlos auf den Beifahrersitz, nachdem er die Strat zwischen den beiden Kopfstützen hindurch auf den Rücksitz bugsiert hatte.

»Wasn't really a supergood thing we did«, sagte sie.

»I'm sorry«, sagte er. Weiter nichts.

Als irgendwann an der Straße ein Motel auftauchte, bat er sie, anzuhalten, und sie bog in die Zufahrt und setzte ihn vor dem Eingang ab.

»Do you want me to come in with you?«, fragte sie, ohne die Hände vom Steuer zu nehmen.

»Do you?«, fragte er zurück.

»Maybe not«, sagte sie, ohne den Blick zu heben, sodass sie sein zustimmendes Nicken nicht sah.

»Thanks«, sagte er und schlug die Tür zu. Sie startete, rollte fast geräuschlos die Auffahrt hinunter und glitt aus dem Bild.

Im Zimmer stellte er den Fernseher an, packte die Strat aus und spielte.

—

»You're an asshole«, sagte Nick am folgenden Montagabend, als Benno seine Gitarre in den Ständer auf der Bühne stellte. Benno nickte nur und schwieg. Nick hatte recht.

—

Ein paar Tage später kaufte er den halb toten Camper mit geliehenem Geld und lebte wie abgeschaltet tagsüber, zog mal neue Saiten auf, ging mal zum Waschsalon und mal zum Winn Dixie, um Dosensuppen und Brot, oder zum Liquor Store, um Bourbon zu kaufen, den er erst nachts nach dem Gig aufschraubte, er spielte und lebte von acht bis zwölf, von Montag bis Donnerstag, schwebte und schlief und döste den Rest der Zeit, und die Jahre vergingen von selbst, ohne sein Zutun, ohne seine Aufmerksamkeit, eine Ebene, eine Wüste, eine Einsiedelei, nur selten unterbrochen von One-Night-Stands mit Sängerinnen, die er mit seinem Spiel gewonnen hatte und durch den Einblick in sein tristes Dasein wieder verlor. Keine blieb, und keine kam ein zweites Mal.

Und dann sang Meike, und stand Daniel vor ihm, Benno trank seinen letzten Schluck und flog am nächsten Tag zurück in sein eigenes Leben.

—

Sie versuchen, leise zu sein. Wen auch immer Meike in ihr Bett genommen hat, die anderen aus der Band sollen es offenbar nicht wissen. Am Tag waren keine Zeichen von Zärtlichkeit oder gar Verliebtheit zu sehen gewesen. Sie war allen gegenüber gleich herzlich. Diese Affäre ist heimlich. Die Geräusche sind gedämpft, so gut es geht beherrscht, aber das Haus ist alt, und jeder Span im Boden lebt, die Wand ist dünn, sodass das unterdrückte Keuchen zweier Menschen und Knarren von Holz eine klare Sprache sprechen. Benno zieht sich an und geht leise aus dem Zimmer und aus dem Haus. Er schleicht über den Flur, die beiden sollen nicht das Gefühl bekommen, sie hätten ihn geweckt oder würden ihn gar stören. Es stört ihn nicht. Es rührt ihn.

Unten im Hof schaltet sich automatisch das Licht ein, und er sieht einen dunkelgrauen BMW mit Berliner Nummer vor dem Zaun stehen. Er inspiziert ihn nicht genauer, er weiß auch so, dass es Daniel ist, der da oben auf Meike turnt oder unter ihr beturnt wird, und jetzt ist er sich nicht mehr sicher, was er fühlt. Keine Rührung mehr, das steht fest, aber was dann? Ärger? Erleichterung?

Er geht hinaus in die Felder, durch die helle Nacht und wechselt erst die Richtung, als er irgendwo einen Hund bellen hört und fürchtet, einem Hof zu nahe gekommen zu sein.

Wenn Daniel Meike hat, dann ist Christine frei. Dieser Gedanke lässt Benno wach und fast lampenfiebrig werden, macht ihm Angst und Freude zugleich – eine gerade Linie führt direkt von hier, diesem modrig und staubig riechenden Feldweg, hin zu Christine, in ihre Arme, in ihr Bett, auf ein gemeinsames Leben zu, nur Daniel muss seinen Teil der Verantwortung übernehmen. Er muss Christine reinen Wein einschenken, er muss sich zu Meike bekennen.

Als Benno zurück in sein Zimmer geht, gibt er sich keine Mühe mehr, leise zu sein. Wenn Daniel noch wach ist, dann weiß er, die Botschaft ist angekommen. Benno muss nur den Mut aufbringen, ihm zu erklären, was mit Christine und ihm geschehen ist, und Daniel den Charakter, es hinzunehmen, dann kann wachsen, was wachsen will, und bleiben, was längst geschehen ist: Benno und Christine sind ein Paar.

Bevor er einschläft, gelingt es ihm, sich Christine so lebendig neben sich vorzustellen, dass er glaubt, in ihren Armen zu liegen, obwohl er sich nur das Federbett so um die Schultern gelegt hat, dass dessen Zipfel sich anfühlen wie ihre Hände.

–

Daniel sitzt schon am Frühstückstisch. Er springt auf, nimmt Benno in die Arme und küsst ihn auf beide Wangen. Kein Anzeichen von Unsicherheit oder Verlegenheit – entweder hat er in der Nacht Bennos Türe nicht gehört, oder er ist sich keiner Schuld bewusst.

»Danke für die Martin«, sagt Benno, »die ist noch besser geworden.«

»Ich hab sie manchmal gespielt. Immer nur gute Musik.«

»Muss ihr gutgetan haben.«

Meike allerdings wagt es nicht, Benno in die Augen zu sehen, als sie über die Wiese zum Tisch kommt und sich neben Daniel setzt, der ganz selbstverständlich seinen Arm um ihre Schulter legt und sie auf den Mund küsst.

Nach einem Augenblick, in dem sie still dasitzen – niemand sonst ist bis jetzt aufgetaucht –, hebt sie den Blick und schaut Benno in die Augen. »Ist das für dich schlimm?«, fragt sie.

»Was, dass du und Daniel zusammen seid?«

»Ja. Wir betrügen Tante Chrissi.«

»Das macht mir nichts.«

Mehr Dialog zu diesem Thema ist nicht möglich, denn jetzt kommen Tom und Markus, beide mit nassen Haaren, und begrüßen Daniel mit großem Hallo. Man kennt sich also schon länger.

–

Ob Benno darauf gehofft hat oder ob er es nur als vage Möglichkeit vor sich sah, ob er es will oder sich davor fürchtet, weiß er nicht, aber als sie Daniel das traurigste

Lied der Welt vorspielen, bietet er spontan an, eine dritte Gitarre dazu zu probieren. Er muss mit so etwas gerechnet haben, denn er holt seine Taylor aus dem Kofferraum und setzt sich dazu.

Sie spielen nur ein paar Takte, bis Daniel gefunden hat, was er suchte – er folgt dem Prinzip von Benno und erweitert es noch, spreizt die Bögen nach unten und oben mit einzelnen Tönen, die er im Bass wie Gewichte und im Diskant wie Glanzlichter oder i-Tüpfelchen in Bennos Part einfügt, sodass sie wie Betonungen wirken. Als Daniel aufhört und fragend in die Runde blickt, nicken alle nur schweigend, und dann kommt Carlos Stimme durchs Talkback-Mikrofon: »Ich würde sagen, das nehmen wir jetzt mal auf.«

Ob es wie Fliegen ist oder wie eine sanfte Landung, eher ein Gleiten oder Schwimmen oder Sinken – Benno weiß nicht, wie ihm geschieht, aber er weiß mit aller Klarheit und einem innerlichen Staunen, dass ihm geschieht, was er nicht mehr in seinem Leben erhofft hatte: Er spielt mit Daniel, und alles ist richtig. Nichts ist mehr ambivalent oder in Gefahr, verloren zu gehen, zu zerbrechen, seinen Sinn einzubüßen. Dieser Moment, dieser lange Moment – drei Takes, bis das Stück aufgenommen ist und bereit für Meikes Gesang, das Solo, den Bass und die Fingercymbals –, dieser Moment fühlt sich definitiv an wie der besagte erste Schluck nach langem Durst. Vielleicht sogar wie ein Schluck, nach dem kein weiterer Durst mehr kommen kann, weil er alles gelöscht hat, was brannte.

–

Mit der Ausrede, er brauche neue Saiten, hat sich Benno in den Wagen gesetzt und ist nach Wangen gefahren, während die Band sich in den nächsten Groundtake stürzte. Er muss ein bisschen allein sein. Der Musik nachlauschen, die er eben mit Daniel gespielt hat, als wäre nichts verloren gegangen in den letzten vierzehn Jahren. Er weiß, dass das nicht stimmt, er weiß, dass er ein anderer ist, Daniel erst recht, alles ist anders, aber das eine ist geblieben: Sie klingen noch immer zusammen, als hätten sei ein gemeinsames Gehirn.

Jetzt sitzt er mit Blick auf ein bunt bemaltes Haus vor dem Eiscafé, trinkt Cappuccino und beherrscht sich, um nicht die nächste Telefonzelle aufzusuchen, Christine anzurufen und ihr zu sagen, dass Daniel und Meike ein Paar sind. Sosehr er sich wünscht, jetzt sofort die Verhältnisse zu klären – es geht nicht. Daniel muss das sagen. Nur Daniel. Wenn sich Benno dazwischendrängt, dann ist das niederträchtig, eine Denunziation, er muss die Reihenfolge wahren: Daniel gesteht, und Christine schließt Benno in die Arme. Er wird Daniel gleich nachher zur Seite nehmen und ihn überreden, sich zu offenbaren.

Und wenn Daniel glaubt, er könne beide haben? Wenn er sich weigert, mit Christine zu reden? Dann sag ich ihm, dass er sich täuscht, denkt Benno, ich sag ihm, dass er Christine nicht hat, nicht mehr. Sie hat mich, wird er ihm sagen, so, wie es von Anfang an hätte sein sollen. Sie wollte mich schon damals, ich war nur zu feige, dich zu verletzen, jetzt sei du nicht genauso feige, lass sie mir und bleib mein Freund.

Als er in den Wagen steigt, um zum Studio zurückzufahren, spürt er, dass er Angst hat vor Daniels Reaktion, falls er ihm sagen muss, dass Christine und Benno das Paar sind und Daniel und Meike das andere Paar. Was ist, wenn Daniel nur eine Affäre mit Meike will? Nur eine kleine Abwechslung? Nur hier und da erfrischenden Sex? Dann muss ich das zerstören, denkt Benno, es geht nicht anders. Diesmal werde ich nicht feige sein. Wenn er's nicht von selbst kapiert, dann muss ich ihn zwingen.

–

Am Tisch auf der Wiese sitzen Meike und Daniel, er mit auf die Arme gelegtem Kopf, sie mit im Schoß verschränkten Händen – der Anblick ist schon aus einiger Entfernung trostlos, und je näher Benno den beiden kommt, desto deutlicher sieht er, dass Daniel schluchzt und Meike blicklos in die Ferne starrt. Sie scheint ihn nicht zu erkennen.

»Was ist los mit euch beiden«, fragt er, »ist irgendwas passiert?«

»Christine war da«, murmelt Daniel zwischen seinen Armen hervor.

Benno setzt sich.

»Und was«, bohrt er weiter, »wieso war, wo ist sie jetzt?«, weil keiner von beiden Anstalten macht, zu reden.

Meike rafft sich auf. »Sie muss Daniel und mich gehört haben. Sie wollte in deinem Zimmer auf dich warten, und wir waren nebenan. Carlo sagt, sie hat sich wortlos umgedreht, ist runtergegangen, ins Auto gestiegen und losgefahren.«

Daniel hebt den Kopf. Er hat Tränen im Gesicht. »Wir haben alle Mittagspause gemacht. Die anderen sind in der Stadt, und Meike und ich waren auf dem Zimmer.«

Benno starrt ihn an. Er weiß nicht, ob ihm schlecht wird, oder ob er nur die Konzentration spürt, die er jetzt braucht. Er setzt sich gerade und schaut Meike an. Jetzt ist sie weiß im Gesicht.

»Liebt ihr euch?« fragt er.

»Ja«, sagt Daniel. Aber er schaut sich nicht nach Meike um. Vielleicht hat er Angst, sie glaubt es nicht oder will es nicht oder fühlt nicht so wie er.

»Ja«, sagt Meike und legt ihre Hand auf seinen Arm.

Benno atmet tief ein. Das, was jetzt kommen muss, wird schwer. »Christine und ich auch«, sagt er.

Er senkt den Kopf. Er will ihre Gesichter nicht sehen, wenn sie begreifen, was er eben gesagt hat, nicht Daniels Gesicht jedenfalls. Nicht jetzt.

Langes Schweigen. Das Summen einer Biene oder Hummel. In der Ferne irgendwo der Schrei eines Bussards.

»Und du meinst, da kann ich nichts dagegen haben?« Daniel starrt ihn an.

Benno hebt den Kopf und starrt zurück. Er versucht, nicht zu blinzeln. Als käme es darauf an.

»Weil ich ja schließlich Meike habe und kein Recht mehr auf Christine.«

Benno nickt.

Sie schweigen. Lange. Sehr lange. Dann spricht Daniel endlich wieder: »Fahr ihr nach.«

Benno steht auf.

»Sie hat einen Mietwagen. Blauer Golf mit Stuttgarter Nummer. Weit ist sie noch nicht. Vielleicht in Leutkirch.«

Meike legt vorsichtig ihren Arm um Daniel. Er spürt es und braucht einen Moment, bevor er sich zu ihr umdreht. Benno kann sehen, wie Daniel versucht, den Schrecken, die Fassungslosigkeit zu verbergen, bevor Meike ihn sehen kann. Sie umarmt ihn. Er lässt seinen Kopf an ihre Schulter sinken und legt ebenfalls seine Arme um sie. Meike sieht Benno an. Er weiß nicht, was er in ihrem Blick lesen soll. Freude? Dankbarkeit? Zweifel? Verblüffung?

—

Er hat nichts mitgenommen, keine Zahnbürste, nicht die Strat, nicht die Martin und nicht die Tasche, hat sich nur mit einem Griff an den Hintern versichert, dass er seinen Geldbeutel hat, dann ist er eingestiegen und losgerast. Sogar die Jacke hat er vergessen. Egal, es ist warm genug.

Bis Ulm versucht er noch, unter den Autos vor sich einen blauen Golf auszumachen, dann lässt er es sein und konzentriert sich nur noch aufs Fahren. Er frisst die Kilometer, nutzt jede Lücke und sieht nichts mehr außer der Straße, den Hecks der anderen Wagen, denen er sich nähert und die er in farbige, flüchtige Schatten verwandelt, wenn er sie überholt. Er braucht nur knapp zwei Stunden.

—

Christine reagiert nicht auf die Klingel. Benno schließt die Haustür auf und geht nach oben. Vor ihrer Wohnungstür verharrt er eine Zeit lang und hört, wie sie die Balkontür schließt. Dann hört er ihre Schritte. Er klopft. Die Schritte stehen still.

»Nein«, sagt ihre Stimme gedämpft durch die Tür, aber fest, beherrscht und kalt.

»Ich bin's. Benno«, sagt er.

»Nein«, hört er durch die Tür.

»Doch«, antwortet er, »und falls du mich nicht sehen willst, dann respektiere ich das ausnahmsweise diesmal nicht. Bitte mach auf.«

»Geh weg.«

»Nein.«

Schweigen. Keine Bewegung. Er hat eine klare Vorstellung, wo im Raum sie stehen muss. Etwa zwei Schritte vom Sofa entfernt, vier von der Tür und vier vom Balkon.

»Christine, wenn du Daniel auf den Mond schießen willst, tu das, aber ich bin nicht Daniel. Schieß nicht mich auf den Mond.«

»Geh bitte weg. Ich will nicht reden.«

»Und ich will nicht zusehen, wie du an Daniel leidest.«

»Die Tür ist zu.«

»Ich seh durch.«

»Blödsinn.«

Schweigen.

»Mach auf. Bitte.«

Schweigen.

Benno wartet. Eine Minute vielleicht. Dann knarrt der Fußboden und bewegt sich die Tür. Sie öffnet halb. Sie schaut ihn an. Ernst, nein verstört. Er bleibt stehen und schaut sie an.

»Wenn du jetzt ein Problem hast wegen Daniel, dann hab ich eins wegen uns.«

Sie scheint nicht ganz da zu sein, seinen Satz nicht gehört zu haben oder nicht zu erfassen – sie schaut ihn immer noch an, als könne sie nicht von ihrer Enttäuschung und ihrem Zorn lassen.

»Was meinst du damit?«

»Wenn du Daniel nicht gehen lassen kannst, dann willst du mich nicht haben, liegt das nicht auf der Hand?«

Jetzt erscheint so etwas wie ein kleines Lächeln auf ihrem Gesicht. Sehr klein. Vermutlich kann nur er das sehen, weil er so sehr darauf gehofft hat. Vielleicht ist es nur eine winzige Entspannung ihrer verkrampften Gesichtsmuskeln.

»Daniel ist ein Arschloch«, sagt sie.

»Du dann auch«, sagt er.

Die Tür ist noch immer nur halb geöffnet, sodass Christine sie jederzeit wieder zuschlagen kann. Jetzt endlich gibt sie ihr mit dem Handrücken einen Stoß, die Tür schwingt auf, und Benno sieht das schräg hereinfallende Nachmittagslicht einen weißen Keil auf den Boden zeichnen. In diesem Licht schweben feine Partikel von Staub, und eine Fliege prallt summend immer wieder an das Glas der Balkontür. Es sind nur zwei Schritte zum Türrahmen und hindurch, Benno sieht sich diese beiden Schritte tun, als wäre er schon wieder nur ein Beobachter dessen, was geschieht, aber als er sich in Christines Armen spürt und hört, wie sie die Tür mit einem leichten Fußtritt hinter ihm schließt, als er ihre Lippen an seinen fühlt und ihren Duft einatmet, da verschwindet das Bild, hört auf, ein Bild zu sein, und endlich sind es nur noch sie beide, kein Daniel mehr, kein distanziertes Auge, kein Meer zwischen ihnen, keine tausend Kilometer, keine Etage, keine Tür, nur das bisschen Stoff auf ihren Körpern.

Danke:

Jone Heer, Axel Hundsdörfer, Bernhard Lassahn,
Thomas C. Breuer, Michael O. R. Kröher,
Christiane Mühlfeld, Sybille Hempel-Abromeit,
Spike Milano, Claudia und Uli Kettner,
Friedemann Witecka und Stefan Stoppok.

Thommie Bayer

Der langsame Tanz

Roman. 159 Seiten.
Piper Taschenbuch

Martin ist das beliebteste Aktmodell der Akademie. Als eines Tages der Alptraum eines jeden männlichen Modells wahr wird, kündigt er in Panik seinen Job. Doch die Künstlerin Anne ist wie besessen von ihm und macht ihn zum ausschließlichen Modell ihrer Bilder. Und schon bald geraten Maler und Modell in eine fatale Abhängigkeit. Martin träumt sich immer intensiver in die Rolle des Liebhabers, ohne zu wissen, was Anne in ihrem Schaffensrausch mit ihm vorhat ...

»Daß man sich aus Bayers spritzigen Dialogen nicht losreißen kann, daß seine Figuren sehr genau gezeichnete Typen aus dem Alltag sind, auch wenn sie durchaus unalltägliche Geschichten erleben, gerade das macht die Faszination seiner Texte aus.«
Rheinischer Merkur

05/1816/02/L

Thommie Bayer

Die gefährliche Frau

Roman. 240 Seiten.
Piper Taschenbuch

Vera bietet ihre Dienste als Lockvogel an: Eifersüchtigen Frauen schafft sie Gewißheit – und kann über Nacht Ehen zerstören. Bisher hat sie jeden Mann in ihr Bett und auf Video bekommen. Doch dann wird sie auf den Schriftsteller Axel Behrendt angesetzt, der offenbar gar nicht auf einen Seitensprung aus ist. Vielmehr will er Veras Geschichte erfahren, und ihre Treffen werden zu einem Ringen um Nähe und Distanz, zu einem Spiel um Vertrauen und Betrug ...

»Ein höchst spannender, erotischer Beziehungsthriller um die Fragen: Wieviel Vertrauen braucht Liebe, und was passiert, wenn zwei Menschen sich öffnen und (ver)trauen?«
Bayerischer Rundfunk

05/1975/02/R

PIPER

Thommie Bayer

Der Himmel fängt über dem Boden an

Roman. 256 Seiten. Piper Taschenbuch

Wieder einmal hat Urs seinen Job verloren. Doch nun packt er seine Koffer und fährt nach Freiburg zu seiner Schwester Irene, die gerade eine Buchhandlung aufmachen will. Sie kann seine Unterstützung gut gebrauchen, und Urs beschließt zu bleiben. Er hilft im Laden, erkundet die Musikszene und macht neue Bekanntschaften. Doch die Beziehungen und Verhältnisse sind nicht gerade einfach: Irene ist gar nicht seine wirkliche Schwester, und dann taucht auch noch die rätselhafte Marie auf, die Irene und Urs gleichermaßen in ihren Bann schlägt. Zwischen den dreien entspinnt sich eine Liebesgeschichte, so zärtlich und leicht wie der Sommer, der am besten niemals enden sollte …

Brigitte

05/1976/02/L

Thommie Bayer

Spatz in der Hand

Roman. 256 Seiten. Piper Taschenbuch

Eine heiße Sommernacht in einem Hotel: Hierher hat sich Sabine, eine attraktive Mittdreißigerin, nach einem Streit mit ihrem Mann zurückgezogen. Da fällt ihr Blick in ein anderes Hotelzimmer, wo sie einen Fremden entdeckt. Aus einer Laune heraus nimmt sie telefonisch zu ihm Kontakt auf, und er läßt sich auf das Geplänkel ein. Schon bald wird mehr daraus, aber noch ahnt er nicht, daß am nächsten Morgen ein überraschendes Treffen auf ihn wartet …

»Eine zarte, freche, melancholische Liebesgeschichte. Man verschlingt diesen Spatz in der Hand.«

Stuttgarter Zeitung

05/2083/02/R